硝子町玻璃
Hari Garasumachi
イラスト 縹ヨツバ
Yotsuba Hanada
行き遅れ聖女の幸せ
婚約破棄されたと思ったら魔族の皇子様に溺愛されてます!

「あら、可愛い色の角！」
マリアライト
行き遅れ聖女

シリウス
迷子
実は魔族の皇太子

（……猫の耳……）

「ちょっとあなた聞いてるの？」
コーネリア
ネコ耳令嬢
激情派
「ギャアアア！」
レイブン
シリウスの従者
ツッコミ担当

「あなたからこうして誘ってくださって、
とても嬉しく感じます」

「……何調べてるんすか？」
「結婚式用のケーキの作り方だが？」

行き遅れ聖女の幸せ

婚約破棄
されたと思ったら
魔族の皇子様に
溺愛されてます!

硝子町玻璃
Hari Garasumachi

イラスト 縹ヨツバ
Yotsuba Hanada

Contents

The Happiness of The
Old Miss Saint

プロローグ

一ヶ月ぶりの茶会の最中だった。

ほんのり果実の香りのする紅茶と、ベリー入りの焼き菓子。茶葉は最高級品で、ベリーもごく僅かにしか収穫出来ない貴重な種類を使ったものだというのに、彼はそれらに口を付けることがなかった。

そのことを不思議に思っていると、今度ダンスパーティーを開催し、王宮に国中の美女を集めると言われた。とても素敵なことだと喜んだマリアライトだったが、次の一言に首を傾げることになった。

「彼女たちの中から私の婚約者を探そうと思う」

「…………？」

藍玉《らんぎょく》のような薄青の目が丸くなる。だって彼の婚約者はたった今ともにいるマリアライトだ。彼はそれを忘れてしまったのだろうか。

不思議に思いながら訊ねると、彼は眉間に皺を寄せた。

「は？　お前はもう二十七歳じゃないか。結婚適齢期を過ぎた女性と結婚するなんて、国民が歓迎するはずがないだろ」

「確かにそうですねぇ……」

蔑《さげす》みの眼差しと共に心ない言葉を浴びせられ、困惑しつつも頷いた。彼女自身もそうであると薄々感じていたからだ。

この国の結婚適齢期は二十四歳まで。マリアライトはそれが過ぎてから三年も経っている。

マリアライトがあっさりと賛同したからだろう。彼は満足そうな表情で話を続ける。

「いいか、マリアライト。確かにお前には感謝している。聖女としての力のおかげで、この国には緑が溢れるようになった。だが、そこまでの話だ。お前を異性として見ることは出来ないな」

淡々とした声で紡がれていくそれらは、マリアライトのこれまでの人生を否定するかのようなものだった。

婚約者と式を挙げる数日前に聖女であることが発覚し、突然、城の人間がマリアライトの下にやって来た。

聖女として生まれたからには、この国に全てを捧げなければならない。平民との結婚など許されないと言われ、無理矢理婚約を破棄された。これには批判の声が上がったが、国王は聖女が現れたことに歓喜するばかりだった。

そして、当時十三歳だった王太子ローファスの婚約者となった。その五年後、つまり間もなく二人は結婚式を挙げるはずだったのだ。

そういった準備が全く行われていなかったことに、マリアライトも疑問に思っていた。

まさかローファスが新たな結婚相手を探そうとしているとは想像もしていなかったが。

「ですが、大丈夫なのですか？　陛下はこの件についてご存知なのですよね？」

マリアライトが唯一、心配しているのはそこだ。国王はマリアライトがどのような女性であるかを深く考えず、聖女というだけで王太子妃にすることを決めていた。

年齢云々で結婚相手を替えてもいいのだろうか。

しかし、ローファスは疎ましそうにマリアライトを睨み付け、鼻を鳴らした。

「自分以外の女が妃になることが不満なのは分かる。それにお前は聖女の件について言いたいのだろうが、そこも解決済みだ。近々魔術国家から魔導具を多く輸入することが決まった。それがあれば、聖女の力など必要ない」

「ええと、そういうことではなく……陛下へのご報告は……」

「妃としての条件から、聖女であることは外れたんだ。だったら、若くて美しい妃の方が民からの『ウケ』もいい。お前のように三十路近く、地味な女などが妃として私の隣に立ってみろ。それを想像すれば、父上もご理解してくださるはずだ」

「は、はい……」

マリアライトはローファスの言い分に若干の不安を覚えつつ、反論はしなかった。聖女が不要になれば、マリアライトがこの王宮にいる理由はないのだ。

彼も多少なりとも国王には話を通しているはずだ。これ以上マリアライトが何を言ったとしても、彼の考えを変えることは出来ない。

「マリアライト・ハーティ。お前には即刻王宮から出て行ってもらう」

「では、せめてお世話になった召使の方々や陛下にご挨拶を……」

「いいから出て行け！　婚約者ではなくなったお前などただの平民だ。そんな者がこの神聖な王宮にいつまでも留まっていていいと思っているのか？」

数年前に他界した両親がこのことを知ったら、どんなに悲しむことだろう。親不孝者の娘で申し訳ないと思う。

第一話 幸せのための第一歩

「こんな風に一人で歩くなんて久しぶりだわ……」

　質素な白いドレスと鍔《つば》の長い帽子を身に着け、目的地に向かうマリアライトの足取りは軽やかなものだった。歳を理由にして、婚約をなかったことにされた女性とはとても思えない。

　何故なら、ローファスから女として見てもらえなかったことへの悲しみや怒りなど存在しなかったからだ。そこの辺りは、マリアライトも同じようなものだったのである。

　彼を一人の男として見ることは最後までなかった。そのような暇がなかったのだ。王太子妃教育を受ける日々で、その合間に聖女としての役目を果たしていた。

　王太子と顔を合わせるのは月に一、二回程度。愛を育むには時間があまりにも足りなかった。

　一生懸命彼を愛そうとしたが、結局は無理だった。愛していない青年と体を重ねる未来を密かに恐れていたくらいだ。

　様々な重荷から解放されて、肩の力が一気に抜けた。

　五年間が全て無駄に終わってしまい、ほんの少しだけ寂しい気持ちはあるが、それも本当に僅かだった。

　マリアライトとしても今回の話はいいものだった。彼女の中では円満な婚約破棄だったと考えている。

世間から見れば、そのようなことは全くないのだが。

王宮を出た時、餞別《せんべつ》として渡された少量の金銭と私物を持って向かうは生家だった。両親が亡くなり、住む者が誰もいなくなった後も取り壊されずに済んでいた。

聖女になる前に結婚するはずだった、かつての婚約者への未練もなかった。互いに愛情を持っていたのは事実だが、彼は他の女性からの愛も求めていた。

彼が生まれ育った国では、正妻の他に愛人を持つことが、ごく一般的だったらしい。けれど、そんな風習に馴染みのないマリアライトの心はズタズタに引き裂かれた。

「これから何をしましょうかねぇ……」

やりたいことはたくさんある。特に聖女の力を利用して試してみたいことがあった。時間もたくさんあるのだから、焦る必要はない。

王都から少し離れた小さな町。その外れ、森の近くに古びた一軒家があった。かつては美しい花がたくさん植えられていた庭は荒れ放題。あちこちに蜘蛛の巣が張っている。

ガーデニングを楽しみたいマリアライトとしては由々しき事態である。あとでちゃんと掃除をしないと。そう思いながら形見である鍵を取り出した時だった。

「あら？」

ドアが少しだけ開いている。泥棒という言葉が脳裏に浮かんだが、こんなところに入っても多分金目の物などないはずだ。

ちゃんと盗めるものはあったのかしら、と呑気に考えて家の中に入って行く。埃臭くて咳き込みながら奥に進む。

　家具は残されたままで、綺麗に拭けばまた使えるだろう。うんうんと家の中をチェックしつつ、寝室に足を踏み入れた時だった。

　小さな子供がシーツに包まっていた。

「あら……？」

　まんまるの翡翠《ひすい》色の瞳がじっとマリアライトを見詰める。そこには怯えの色が浮かんでいて、シーツで隠した体が小刻みに震えていた。

「こんにちは、私はマリアライトって言います。以前、このおうちに住んでいた人です」

「……ここはあなたの家だったのか」

　子供らしくない、固い口調だった。

「私もここに帰ってくるのは、本当に久しぶりなのです。あなたはいつからここに？」

「……昨日からだ」

　シーツでよく見えないが、随分と痩せているようだ。顔も土やら埃やらで汚れていた。

　ハンカチで顔を拭いてあげようとしたが、乾いたままではあまり意味がないかもしれない。

「ちょっと待っててくださいね」

　マリアライトは台所に残っていた包丁を持って庭に向かった。そこで荷物の中にあった巾着袋の中から小さな植物の種を取り出す。

　種を土の中に埋めて祈りを捧げると、種が埋まっている辺りが淡い緑色の光を放った。

その後、茎の太い植物がしゅるしゅると育ち始め、大きな赤色の花を咲かせると成長は止まった。

これがマリアライトの聖女としての力だ。中には天候や火を自在に操る聖女もいるようだが、マリアライトの場合は植物の成長を促す力を持つ。

おかげでかつて干ばつが深刻だったこの国は、荒れ果てた大地に緑を蘇らせることが出来たのである。

「ごめんなさい、あなたのお水をいただきます」

マリアライトは一言謝ってから茎を包丁で軽く切り付けた。切り口から透明な水が噴き出したので、それでハンカチを濡らす。

寝室に戻ると、子供がシーツを被ったまま窓辺に張り付いていた。どうやら庭で作業をしているマリアライトを眺めていたらしい。

「あなたは聖女なのか？」

「お花や木を成長させることしか出来ませんけど……はい、これでお顔を拭きましょうね」

ハンカチで顔を拭くとあっという間に汚れてしまったが、その代わり子供の顔は綺麗になった。あとで風呂にも入れないと。

けれど、今はとりあえず空腹を満たしてあげるのが先だ。荷物からクッキーが入った袋を取り出した。城のメイドがこっそりくれたものだ。

「お腹空いているでしょう？　食べませんか？」

「……それは何だ」

「クッキーですよ。甘くて美味しいのです」

「いらない」

断られてしまった。甘いのが苦手なのだろうか。

何なら食べてくれるかしら？　とマリアライトが悩んでいると、子供が部屋から出て行こうとする。

「空き家だと思い、勝手に世話になっていた。すまなかったな」

「行く当てはあるのですか？」

子供はその問いに答えようとしなかった。

「好きなだけ、ここにいてもいいですよ」

「そういうわけにはいかない」

「ですけど……」

「……これを見てもそう思うのか？」

子供はおもむろに頭を隠していたシーツを外した。

銀髪の隙間から生えた二本の角。深紅のそれに注がれる視線に気付いた子供は、苦い表情でシーツを被り直そうとする。

その動きを止めたのは、マリアライトの一言だった。

「あら、可愛い色の角！」

どうして角が生えているのか、そこは全く気にしない。

ただ大好きな果物と同じ色だと喜ぶだけで。

婚約者に浮気をされて、自分が聖女だと発覚して、王太子から婚約破棄をされて。

色々と大事件に見舞われたマリアライトは、ちょっとやそっとじゃ動揺しない心を持つようになっていた。鈍くなってしまったとも言うべきか。

「……これを見て、可愛いと思うのか」

「はい。赤い色は私の大好きな色なのですよ。林檎《りんご》みたいですもの」

「林檎……か」

不安と期待が綯い混ぜになったような声でそう漏らし、子供は笑った。

子供は自分の名前が『シリウス』であること以外は、何も明かそうとしなかった。

どこからやって来て、どうしてマリアライトの家にいたのか答えてくれない。というより、答えられない様子だった。

マリアライトが質問をして、返せる答えがない時は「答えられない」と頭を下げる。

「謝らないでください。あなたにも何か事情があるのでしょう？」

「……ありがとう」

小さな声で礼を言い、貰ったクッキーを齧《かじ》る子供に、マリアライトは何とかこの子を助けたいと思った。

恐らくシリウスは孤児で、行く当てもなく寒さを凌ぐために家に忍び込んでしまったのかもしれない。孤児院に連れて行くか迷ったが、角が生えた子供がどんな扱いをされるかなんて、容易に想像が出来た。

シリウスは恐らく魔物と人間のハーフだ。この国では禍物《まがもの》とされて迫害されている。

だから、マリアライトが自らシリウスを育てることにした。二人分の生活費を稼ぐため、早速動き出す。

「何をしているんだ？」

せっせと庭の草むしりをしていたかと思えば、倉庫に眠っていた農具を持ち出してわしわしと土を耕し始めたマリアライトに、シリウスが瞬きを繰り返す。

「お花や木が過ごしやすい土にしているのですよ」

聖女の力を使えばどんな植物でも育ってくれるが、劣悪な環境の中で成長した彼らは少し苦しそうなのだ。豊かな土で育った時は、そういったことがない。

マリアライトは何度か説明したのだが、まともに取り合ってくれる人間は王宮の中には誰もいなかった。

「いっぱい育ってくださいね」

植物の種を数種類蒔《ま》いてから祈りを捧げると、あっという間に成長していった。

蒔いた種は林檎や柑橘類、野いちごなどの果実系。あとは美しい花を咲かせる種類だ。それらを収穫していく。木は収穫しやすくするため、あまり高くならないように調整した。

「綺麗だ……」

その様子を眺めていたシリウスがぽつりと呟いた。

「綺麗でしょう？　私もこのお花が大好きなのです」

「いや。花も綺麗だが、マリアライト様がとても綺麗だと思う」

「ありがとうございます、シリウス」

全身を土まみれで果物を収穫する姿なんて美しいとは思えないけれど、シリウスが優しく微笑みながら言うので素直に言葉を受け取った。

マリアライトとしてはシリウスの方がよほど綺麗だ。誰かに見られないようにシーツを被っているので今は見えないが、その下には美しい銀髪が隠れている。

顔も少女のようにとても可憐だ。『可もなく不可もなしという顔』と評価を受けたことのあるマリアライトとは大違いだった。

◆　◆　◆

収穫した果物や花を売りに出かける。が、素通りされるか、一瞥《いちべつ》してから通り過ぎるかのどちらかである。一個も売れない。

そこで試食を用意してみた。皮を剥いて一口大に切った果物を食べてもらう。

「うお……何だこりゃ！　うめぇ！」

「甘くてとっても美味しいわ！　いくらでも食べれちゃう！」

「驚いたねぇ。この季節にこれだけ甘みのある果物が食べられるとは思わなかったよ」

その瑞々しさと甘さに皆驚き、飛ぶように売れていく。客の一人が言っていたように、初夏のこの時期は林檎も柑橘類も酸味が強いものばかりが店頭に並ぶ。

初めは誰も見向きしなかったのは、そのためだった。けれど、甘いと分かれば買ってくれる。花もよく見れば花屋で売られているものよりも質が良いと、女性客に喜ばれた。

「あんた、この辺じゃ見ない顔だな。どこから引っ越して来たんだ？」

「旦那さんはいるのかい？　え？　独身なのか……」

彼らはマリアライトの顔を見ても、ローファスの元婚約者だと気付かない。かと言って、かつてこの町に暮らしていた住人であることも知らないようだった。次期王太子妃なのに話題に挙がることは滅多になく、町に住んでいた頃も殆《ほとん》ど目立たない地味な女性だったのだ。

「今夜の晩ご飯はシチューを作ろうと思うのですが、シリウスは食べられますか？」

「シチュー……？」

「お野菜をミルクが入ったスープでじっくり煮込んだお料理です。優しい味がしてお野菜も柔らかくて美味しいですよ」

「ああ、食べられる」

ハーフは食べられないものも多いと聞く。

例えば、ヴァンパイアとのハーフはニンニクやオニオンなど、刺激が強い野菜を苦手としている。狼男とのハーフは肉中心の食事でなければ、すぐに衰弱してしまう。

逐一食べられるかどうか、シリウスに確認するようにしている。今のところは、何でも口に出来るようで好き嫌いもない。

養われているので我儘は言えないと無理をしている様子もなく、美味しそうに平らげてくれた。

独りで過ごすはずだったマリアライトの人生は、シリウスの出現で大きく一変した。

◆　◆　◆

「はい、どうぞ。今日のおやつですよ」

自分で育てた林檎の皮を剥いて、食べやすい大きさに切っていく。翡翠色の瞳が宝石のようにキラキラ輝いている。

「ありがとうございます、マリアライト様」

シリウスが小さな口で林檎をちびちび食べ始める。色んな物を食べさせてみたが、シリウスの一番の好物はマリアライトの聖力で育った果物だった。

あまりにも美味しそうに食べるので、苺や葡萄など様々な種類も育てるようになった。ついでにそれらも売るようにしたところ、かなりの稼ぎになった。

おかげでシリウスのために美味しいご飯を作ったり、服をたくさん買うことが出来る。

最初はガリガリの鶏がらのようだった子供の体もふっくらと肉が付き、頬はマシュマロのように柔らかくなった。

そして、この頃になると敬語で話すようになった。

「……マリアライト様、あなたは何か望みはありますか？　例えば、何か欲しいものとか」

「けど、私欲しいと思うものがなくて」

「では、何かしたいことは？」

「そうですねぇ……」

決してシリウスのために我慢しているというわけではなく、物欲が特に湧かないのだ。

やりたいことの一つにガーデニングがあったが、それも生計を立てるついでに楽しんでいる。

もっと色んな植物を育てたいという気持ちもあるが、とりあえずシリウスが元気に育ってくれるのならそれで十分だと思う。

「今はあなたの成長を見守るのが楽しみです」

「……はい」

「あなたはどんな男の子に成長するのでしょうねぇ」

シリウスが大人になる頃には、他の国に引っ越さなければならない。今のままではシリウスは自由に出歩けないし、他人と関わる機会がない。

いつか凛々しい青年に成長するだろう彼が、可愛らしい女性と出会えるようにハーフに優しい国に移住するのだ。

◆　◆　◆

「マリアライト様、買い物に行くんですよね？　俺も行きます」

「ありがとうございます、シリウス。でもいいんですか？　本を読んでいたでしょう？」

「いいえ、あなたのお役に立ちたいので」

そう言って、マリアライトの代わりに籠を手に取り、シリウスが微笑む。素直で優しい子に成長したなぁ、とマリアライトは喜びながら微笑み返した。

身長はマリアライトの背をゆうに超えて、マシュマロのような肉が落ちて端整な顔立ちとなった。それに加えて細身ながら筋肉ががっしりとついた肉体。声変わりもして、よく通る低音となった。

緋色の角はいつの間にか頭部からなくなっていたので、聞いてみれば「その方がマリアライト様も都合がいいと思いまして」と答えが返ってきた。

折ってしまったのかと心配したものの、そうでもないらしい。成長すると、角を消したり生やしたり自在に出来るそうだ。

出歩くのには便利だが、綺麗だと思っていたから残念だと言うと、何故か暫く固まっていた。

「でも、本当に大きくなりましたねぇ」

あまり深く考えずに、マリアライトはしみじみとした口調で呟いた。

僅か半年でここまで成長した青年に向かって。

尋常ではない速度で成長したシリウスだが、それはきっとハーフだからだろう。誠実な青年に育ってくれたのなら、それでいいのだ。

普通の人間なら明らかにおかしな現象に少なからず恐怖を抱くものだが、そこはマリアライトだった。

「それはマリアライト様のおかげかと」

「私の？」

マリアライトだけに聞かせてくれる優しい声で、シリウスは急成長の原因を語り始めた。

「あなたの力で実った果実には、強い魔力が宿っているんです。そのおかげで俺は成体になるのに必要な魔力をすぐに得ることが出来ました」

「成体？　必要な？」

「元々俺たちは成長速度が速いんです。ここまで育てば老化は緩やかなものとなりますが」

「そうなのですか……でもホッとしました。このままおじいちゃんになってしまうかもって思っていましたから」

「マリアライト様……俺を心配してくださるんですね」

両手を握り締められ、真っ直ぐ見詰めながら囁くシリウスを見詰め返し、マリアライトは瞬きを繰り返した。

見た目は大きく変わったが、中身はあまり変わっていない。

マリアライトは目を細めながらシリウスの銀髪を撫でた。少し前までは簡単に出来ていたことなのに、今は背伸びをしなければならないほど彼の背は伸びてしまった。

これなら可愛い恋人もすぐに出来そうだ。

両手でシリウスの頬を包み込む。翡翠色の瞳が一瞬だけ赤くなったような気がしたが、見間違いだろうとマリアライトはすぐに忘れてしまった。

◆　◆　◆

本人の申告通り、シリウスの急激な成長は一旦止まった。果物や花を売るのを手伝ってくれるし、買い物にもついてきてくれるので、マリアライトは非常に助かっている。

いや、小さな時から手伝ってくれてはいたが、自分よりも重い籠を持とうとしたり、変質者に連れ去られそうになって大変だったのだ。

シリウス目当てなのか、女性客が以前より増えた気がする。マリアライト以外にはあまり愛想がよくないし、どんな美人に言い寄られてもあっさり振っているが、そこがいいらしい。

中にはシリウス単体ではなく、マリアライトとセットになっているシリウスを見に来るという客もいる。

「どうしてでしょうねぇ。私なんて余計だと思うのだけれど」

「何故そのように思われるのですか？」

「だって……私ですよ?」

今日のおやつはアップルパイだ。庭で食べ頃の林檎を採りながら、マリアライトはシリウスの問いに答えた。

もうじき三十になる女性が若い美青年の隣にいるのだ。どう考えても不釣り合いである。

「素敵な男性の側にその人の母親がいたら、話しかけにくいと考えるものではないでしょうか」

「……彼女たちは、俺とあなたを親子だと思っていないようですが」

「それじゃあ……姉弟かしら」

それなら年齢的にも納得がいく。

「それはそれで背徳感があって俺は……いえ、何でもありません」

言葉を途中で止め、シリウスは庭で育った林檎の木に軽く手を当てた。すると、丸々とした赤い実が勝手に枝から離れて、ふわふわと宙を漂ってからマリアライトの掌《てのひら》に着地をした。

一連の流れを見て、マリアライトはふわふわと微笑んだ。

「あなたも聖力が使えるのですね、シリウス」

「聖力ではなく、これは魔力です。聖力は神から授かったものですが、魔力は魔族なら誰しもが持つ力と聞きます」

苦笑しながらシリウスはそう答えた。

「あら?　それじゃあシリウスは魔族……?」

魔族は魔物ともハーフとも異なる種族だ。

魔物よりも知性も魔力も高い。その気になれば世界征服も容易とされ、特に力の強い者なら単身で人間の国を滅ぼすことも可能と聞く。

すごい子だったのねぇ、と家の中に戻りながら呟くマリアライトに、シリウスが狼狽《うろた》えた。

「……俺を恐れないんですか？」

「どうして？」

「俺は魔族です。人間にとっては恐怖の対象です」

「けれど、あなたは私や町の人たちに酷い行いをしたことがありません。魔族であっても、優しい子に育ってくれました」

だから恐れることなんて何もない。マリアライトには胸を張ってそう言える自信があった。

そんな育ての親からの言葉に、シリウスは口から小さな吐息を漏らした。

「……そういえば、どうして俺がこの家に隠れていたか、まだ話していませんでしたね」

「ええ。けれど、話しづらいなら無理に話す必要は……」

「いいえ、どうか俺のことを少しでも知って欲しいんです。……魔族にも勢力争いがあって、俺はそれに巻き込まれました。敵対勢力に家族を皆殺しにされ、俺自身も殺されかけ……宮廷を脱出し、追っ手から逃げているうちに、この町に流れ着きました」

「大変だったのですねぇ」

後半辺りで聞き逃してはならない単語があったのだが、マリアライトはそこをあまり気にせずシリウスがこの家に隠れていた理由を知って、胸を痛めていた。

どんなに心細かっただろう。半年前の彼を思い返し、淡い薄青の瞳から涙を流す。目を大きく見開くシリウスの体を抱き締める。

「マ、マリ、あの何をして」

「辛かったでしょうね……」

「申し訳ありませんが、少し体を離してくれると助かります」

「え？　ああ、ごめんなさい。きつく抱き締めてしまいましたか？」

「むしろもっと強く抱き締めて欲しいくらいなので平気です！　ただ心の準備が出来てなかったので……」

シリウスの双眸は赤く染まっていた。今度は見間違いではないらしい。マリアライトはそれをじっと見詰めた。

「急に目が赤くなりましたけど……病気かしら？」

「……いいですか、マリアライト様」

マリアライトの言葉を無視して、シリウスが顔を近付ける。口付けしてしまいそうなほどの距離となり、流石にこれはおかしいとマリアライトが離れようとすれば、角張った男の手に腕を掴まれる。

「あなたはずっと俺を我が子、もしくは弟のように可愛がってくれました。ですが、俺は最初に出会った時から、あなたを――」

「あら、お客様だわ」

熱と艶を帯びた低音で囁かれている最中、玄関のドアを叩く音がしたのでマリアライトはシリウスからパッと離れた。そのまま玄関に急ぐ彼女を無表情でシリウスが追いかける。

「シリウス？」

「……俺が出ます」

「もしかしてお友達が来ることになっていたのですか？　あ、いけないわ。まだアップルパイの準備が……」

「いいえ、奴にはマリアライト様の作ったアップルパイを口に出来る資格なんて、これっぽっちもありません」

シリウスが扉を開くと、黒髪の少年がげっそりとした表情でどうにか立っていた。

「や、やっと見付けたっす……シリウス様」

「何しに来たレイブン」

「何しにってひどっ！　シリウス様をお迎えに来たに決まっているじゃないっすか！　俺がどれだけ……」

言葉は最後まで続かなかった。少年は白目になったかと思うと、玄関で倒れてしまったのだ。

その直後、ぐぅぅぅぅ……と大きく腹の音が鳴り響いた。

「腹減った」と寝言でむにゃむにゃ言っているので、マリアライトは急いで買い物に出かけて食料を調達した。

シリウスに聞いたところ、彼と同じように何でも食べるし、強いていうなら肉が好物と聞いたのでステーキ用の肉を買ってきた。

「あんな奴にそのような気遣いは不要です」

「けれど、シリウスのお友達なのでしょう？　だったらご馳走をご用意しないといけません」

「友人ではないのですが……」

「お友達でなかったとしても、あなたにとって大切な人のように見えましたから」

今更何の用だとぶつぶつ言いながらも、レイブンという少年を家の中に運んだのはシリウスだった。

マリアライトに「こいつを休ませてもいいでしょうか？　駄目なら庭に捨てておくので気にしないでください」と確認していたが。

シリウスはマリアライトからの言葉に、翡翠色の視線を彷徨《さまよ》わせた後に答えた。

「あれは俺の護衛だった男です。魔法の腕前は酷いものですが、誰よりも逃げ足が速かったので俺を逃がす役目を任されました」

「それでは、あなたはあの子と一緒に逃げていたのですか？」

「はい。ですが、その途中ではぐれてしまったんです。死んだものだと思っていました」

「またこうして会えてよかったですねぇ」

きっとレイブンも大変な思いをしていたのだろう。彼は初めてシリウスと出会った時のように衰弱していたのだ。

果物は林檎をよく食べていたとシリウスから教えてもらったので、林檎のコンポートも作ることにした。

　スライスした林檎、砂糖、レモン汁、水を入れて煮詰めていく。

　甘い香りがキッチンに漂い始めた頃、レイブンが白目を剥いた状態で起きて来た。

「んが……甘い匂いがするっす……」

「白目ですけれど、ちゃんと前が見えているのでしょうか？」

「見えていないかと。おい起きろ、マリアライト様の前で恥を晒すんじゃない！」

　シリウスがレイブンの頭を鷲掴みにする。するとレイブンは体を大きく震わせ、目を限界まで見開くとシリウスの手を振り解いた。

　そして、そのまま天井に張り付いてしまった。僅か数秒の出来事である。

「ひぃぃぃぃ！　なんか知らないけど命だけは取らないで欲しいっす～‼」

「お前の命などどうでもいい。それよりもいつまで寝惚けているつもりだ」

「うひゃあああ……ってあれ、シリウス様じゃないっすか。俺、なんで蜘蛛みたいなことやってんの……？」

　ようやく意識が覚醒したらしい。自分の奇行に驚きながら、危なげなく床に着地した。

　側にいたマリアライトと視線が合うと、訝《いぶか》しげな表情を見せた。

「……あんた誰っすか？」

「マリアライトと申します。ステーキのお肉を買ってみたのですけれど、お食べになりますか？」

「ステーキ⁉」

「はい、ステーキです」

マリアライトには、レイブンの顔に「食べたい」という文字が浮かんで見えた。

「シリウスからお肉が大好きだと聞きましたので。林檎のコンポートも作っています」

「こんぽーとって何すか？」

「果物を甘く煮込んだデザートです。そのまま食べてもパイに包んでも美味しいのですよ」

「すっげー美味そうなんすけど……そんな豪華なモン、俺なんかが食ってもいいんすか？」

「俺もそう思ったが、マリアライト様がご馳走を用意すべきだと。マリアライト様のご厚意に感謝しろ」

「あんたはもう少し思いやりを持つべきっす！」

シリウスの素っ気ない物言いに、レイブンが頬を膨らませる。大体十五、六だろうか。声変わりはしているものの、顔にはまだ幼さが残っている。

「つーか、なんでシリウス様、そんなにでっかくなってんの……？　俺より大きくなってて威圧感半端ない……」

「マリアライト様のおかげだ。俺が孤児だと思い、ずっと育ててくれた」

レイブンにそう答えながら、シリウスはマリアライトの手を優しく握った。

彼女に向ける眼差しがどうにも『育ての親』に対するものだと思えず、レイブンは口元をひくつかせた。

「え……？　あんた、そんな人でしたっけ」

「シリウスはいつもこのような感じですよ」

「え～？　まあ、そんな暴君って性格ではなかったけど、他人に甘えるような人でもなかったような……」

「確かにちょっと警戒心が強い子でしたけど……そういうシリウスも見てみたかったかもしれませんねぇ」

　純粋な好奇心から出た呟きだった。それを聞いたレイブンは「そんなに面白いものでもなかったすよ」と、下を向いて言った。

◆　◆　◆

　焼きたてのステーキに齧《かじ》り付き、レイブンは号泣していた。

「こんなに美味い肉は初めて食った」、「幸せすぎて死ぬ」を繰り返しながら肉を噛み締めている。細切れの野菜スープも、ふっくらと柔らかなパンも、感動の味だったようで先程からずっとおかわりを繰り返している。

　その食べっぷりに感心しつつ、マリアライトは心配していた。

「あらあら、そんなに急いで食べたらお腹を壊してしまいます」

「ご心配には及びません、マリアライト様。こいつの胃袋はちょっとやそっとじゃ壊れません。

毒が入った料理を食べても平気でした」

「それなら安心ですね」

平和なんだか物騒なんだか判断が難しい会話である。

「だが、よく俺がここにいると分かったな」

「むぐ……あんたの魔力を辿って来たんすよ。あんたぐらい強い魔力を持ってると、探すのも割と楽っすね」

頬にパンをパンパンに詰め込みながらレイブンが答える。

マリアライトには分からないのだが、魔族にとって魔力は人探しにも使える便利なものであるらしい。

ただ子供は魔力も弱いため、捜索が困難だとか。レイブンの言い方を考えると、シリウスの魔力量は多いようだが。

「あんたがシリウス様の世話をしてくれたんすよね？　ほんと感謝の気持ちでいっぱいっす」

「そんな……頭を上げてください。私もシリウスと出会って楽しい日々を過ごすことが出来ました。この子がいてくれなかったら、私は一人でしたから」

軽い口調だが、頭を下げるレイブンの姿からは深い感謝が窺える。

けれど、感謝しているのはマリアライトも同じことだった。既に両親もいないこの家は、一人で過ごすには少し広いのだ。

もしシリウスとの出会いがなくとも、マリアライトは生きることが出来ただろう。耐え切れないほどの孤独ではなかったはずだし、それなりに充実した日々を過ごせていたと思う。

それでも、幸せで楽しいと毎日思い続けることは出来なかったかもしれない。

「マリアライトさん独り身なんすか？　てっきり結婚しているもんだと思ってたっす」

「ふふっ、時々町の人たちにも似たようなことを言われます。旦那さんの所から逃げて来たのかだとか」

「そうっすよねー。そんな感じがするっす」

うんうんとレイブンが頷いていると、シリウスが怒気を含んだ眼差しを彼に向けた。

「それはどういう意味だ。答えによってお前を今ここで……」

「だって、マリアライトさんって落ち着いてるじゃないっすか。人妻感があるというか」

「…………」

「シリウス様、今『結構そそる』って思ったっしょ」

沈黙したシリウスを茶化すようにレイブンがにやけ顔で言った。

「思ってなどいない」

「んな早口で否定しなくても」

「その旦那を殺したいと思っていただけだ」

「うわ、物騒……」

レイブンの笑みが凍り付いた。

だがマリアライトの次の一言は、この場の空気そのものを凍り付かせる破壊力を有していた。

「けれど、半分くらいは当たっているのですよ」

「は？」

「え？」

二人が鳩が豆鉄砲を食ったような顔をした。

「ほら、前に話しましたよね？　私は以前ローファス殿下の婚約者だったと……」

「話していません！　そんな話、初耳ですが⁉」

シリウスが勢いよく椅子から立ち上がり、マリアライトの両肩を掴んだ。

こんなに大きな声を上げるシリウスは初めてかもしれないと、呑気に考えていたマリアライトだったが、彼の言う通りだったと思い出す。

「言うのを忘れていましたね」

「ど、どうしてそんな大事なことを言ってくださらなかったんですか……！」

「私も殿下も納得した形での婚約破棄でしたから、別にいいかしらって思ったの」

それに子供にするような話ではない。マリアライトはそう判断したからこそ黙っていたのだ。

現に話を聞いたシリウスはショックを受けたような顔をしている。

「マリアライト様……もっと早く知っていれば、俺はそのローファスとやらを」

「おーとっとっと！　マリアライト様も苦労してるんすねぇ！」

シリウスの問題発言を遮るように、レイブンがわざとらしく声を張り上げた。内心では彼も大慌てである。

まさか目の前にいる温厚な女性が、この国の王太子の元婚約者だったなんて誰も思わない。

レイブンは部屋を見回し、訝しげに眉根を寄せた。

「マリアライト様って貴族サマではないでしょ？　平民なのに、よく王太子の婚約者になれたっすね」

「私もそう思ったのですけど、陛下は私が聖女というだけで婚約者に決めてしまわれたのです」

「聖女？　あんた聖女様っすか？」

レイブンは最早ステーキどころではなくなったようで、マリアライトから聞かされる話に目を白黒させっぱなしだった。シリウスはシリウスで打倒王太子モードに入っている。

だが彼らは、何故マリアライトが婚約を破棄されたのか、その理由を聞かされて更に驚愕するのだった。

◆　◆　◆

「善は急げと言います。今すぐその王太子を殺しに行きましょう！」

全てを聞き終えてからのシリウスの第一声は、どちらかと言えば善ではなく悪属性だった。しかも満面の笑みでの言葉である。

レイブンは口元を手で覆って固まっている。

二人の反応を見て、マリアライトは頭の上に疑問符を浮かべていた。

「あの、どこかおかしかったでしょうか……？」

「おかしいっすよ？　一から十まで全部おかしいっすよ？」

「レイブンと同じ意見です。マリアライト様、あなたはそれを円満な婚約破棄だと本当に思われているのですか？」

怒りを堪えているような低い声で問われ、マリアライトは頷いた。互いに愛し合っていない同士での結婚が回避出来たのだ。

政治や国が絡んだ結婚が悪いわけではないが、恋愛で結ばれた人と生涯共にありたいと思う。だから、これでよかったと安心したくらいだったのだが。

「婚約破棄そのものは構いません。畜生にあなたを奪われずに済みましたので。ですが、その理由は万死に値します」

「そうっすよ！　自分たちの都合で婚約者にしておいて、歳を理由に破棄するなんて有り得ないっすよ!?　王族だからってあんたのこと雑に扱い過ぎ！」

「え、えっと……」

シリウスだけではなく、出会ったばかりのレイブンも憤っている。それもマリアライトではなく王族に対して。

狼狽えるマリアライトに、レイブンが泣きそうになりながら溜め息をつく。

「もう……大体魔導具があれば、聖女なんて必要ないって考えがまず傲慢の極みっす」

「あの道具は誰でも聖女と同じ力を使えると聞きましたけれど……」

「魔導具なしじゃ何も出来ねえ大勢の人間と、魔導具なしでも聖法使えるあんたって、かなり差があると思いますけどぉ!?　あんたはすごい人なの！」

「……そう、でしょうか」

マリアライトは薄青の瞳に動揺の色を浮かべた。

聖女だと判明し、次期王太子妃とされ、国のために力を使い続けていても、マリアライトを称賛する声はなかった。

神から授かった力を国のために、国王のために、人々のために使うことは当然。

義務をこなしただけであって、褒められることではない。何度もそう言い聞かされてきた。

だが、レイブンの言葉はそれらの思想を真っ向から否定するものだ。

「この国って何年か前から聖女様が頑張って緑を増やしてるって噂だったけど……用済みになったらポイとか、神に喧嘩売ってるようなもんすからね」

「その前にまず俺に喧嘩を売っている……」

ぼそっと低い声で発言したのは、こちらも未だに怒りが冷め止まぬ様子のシリウスだった。

「あなたのような美しく慈愛溢れる方を、利己的な理由であっさり切り捨てる奴らの神経が理解出来ません。あなたのお心が歪になってしまったのも、恐らくはそのせいでしょう」

「歪になっている自覚はあまりないのですけれど……おかしいでしょうか？」

「……言葉を選ばずに言うのであれば、とても哀れです」

「大変ねぇ……」

「あ、駄目だこの聖女様。あんま分かってないっすー！」

レイブンがぼんやりと遠い目をしつつ、冷めてしまったステーキを一気に口の中に放り込む。もごもごと咀嚼し、飲み込んだところでマリアライトに提案をする。

「マリアライトさん、うちに来るっすかぁ？」

「うち……？」

「そそ。魔族の国にご招待ってことっす。聖女云々関係なく、あんたはシリウス様の恩人だから大歓迎だと思うっすよ。それに贅沢三昧《ぜいたくざんまい》し放題！」

「私は贅沢をしたいと思っていませんよ？」

今の生活で満ち足りているので、持て囃《はや》されたいという願望はない。気遣ってくれるレイブンには申し訳ないが、どうにか断ろうと考えている時だ。

シリウスが探るような視線を従者に向けた。

「それはつまり内乱が終わったということか？」

「そうじゃなかったら、軽いノリで来るかどうか聞かないって。使いの鳥から報告をもらったんす。反乱軍の鎮圧に成功。首謀者の一族は全員処刑コースで。陛下があんたの帰りを待ってるみたいっすよ～」

「そうか……」

頷いてからシリウスはマリアライトの方を向き、彼女の目を真っ直ぐ見据えた。

「マリアライト様、この国にいてはあなたは幸せになれません。俺と一緒に来てください」

「どうしましょうか。優しい子に育ってくれたシリウスと、もっと一緒にいたい気持ちもありますが……」

朗らかに微笑みながら彼の頭を撫でてあげようとすると、指が銀髪に触れるより先にシリウスに手を掴まれる。

そして、彼はマリアライトの手の甲に口付けを落とした。

「下心込みでの優しさですよ。俺はあなたを一人の女性として愛しているんです」

目を丸くしたまま固まっているマリアライトの姿に、シリウスは苦笑した。

「やっぱり気付いていなかったんですね……そうでしょうね。でしたら、もう少し意識をされていたでしょうから……」

「ご、ごめんなさい……？」

「いいえ、謝らないで。勝手にあなたを好きになったのは俺の方です。純粋に俺を可愛がってくださっていたあなたの厚意を踏みにじるようなものでしょう」

「待って、そんな悲しそうに笑わないでください。私、あなたから告白されても嫌だと全然思っていません」

マリアライトが慌てた様子で言うと、シリウスの翡翠色の双眸が希望の光を灯した。

「えっ？　気持ち悪くないんですか？」

「はい。嬉しいと思いましたよ」

「あなたを妻にしたいと本気で思っていますが？」

「え？」

その反応を見て、あくまで親愛的な意味に捉えられていると分かったのだろう。シリウスの目から光が消えた。

「だって……私とあなたでは歳が離れすぎていますよ？」

マリアライトが真っ先に考えたのはその点だった。

婚約破棄の理由となった年齢の差。それはどれだけマリアライトが努力しても、どうにもならない問題だ。

今はよくても、いつか嫌気が差して疎ましく思われるかもしれない。

「あなたは親愛の情を恋愛によるものだと錯覚しているだけでしょうし……きっと目が覚めたら私を選んだことを後悔します」

自分を慕ってくれた子供から蔑まれるくらいなら、今すぐに間違いを正すべきである。それがシリウスと、マリアライト自身のためなのだ。

マリアライトは小さく笑いながらシリウスに掴まれたままの手を振り解こうとした。だが青年は痛みを感じないギリギリの力で、自分よりも小さな手を握り続けている。

「マリアライト様、俺は年齢の差など些細なことだと思っています」

「些細な問題……かしら」

「……それとも年上の男はお嫌いでしょうか」

「え？」

何だか、今、不思議な質問をされた気がする。

マリアライトは困惑した表情でシリウスに訊ね返した。

「年上というのはどういうことでしょう……？」

「申し訳ありません。お伝えするのを忘れていましたが、俺は今年で八十歳になります」

「あら……あら……？」

マリアライトよりも何倍も長く生きていた。突然もたらされた事実に呆然としていると、気まずそうにレイブンが口を開いた。

「まあ個人差はあるけど、魔族って長命なんすよ。俺もこんなナリで実は五十超えてるし、シリウス様より背が伸びるのも声変わりするのも早かったんす」

その言葉にシリウスが僅かに眉を顰めた。

「何故自慢げに言うんだ」

「俺がシリウス様に勝った数少ないところっすから」

「……とまあ、これでマリアライト様の懸念は解消されたわけですが、あなたにはしっかりとご理解してもらいたいことがあります」

レイブンの話を聞き流し、シリウスはごほんと咳払いをしてから、念を押すように言った。

「いいですか。俺はあなたがどれだけ年上だろうと年下であろうと関係ありません」

「あ、見た目があんまりにも小さかったらアウトっすけどね」

「お前は黙っていろ」

「うぃっす」

「それとも一つ。聖女であろうとなかろうと、これもどうでもいい話です。ここまでは分かりましたか？」

心地のよい穏やかな声での問いかけに、マリアライトはゆっくりと頷いた。

シリウスから紡がれるのは、あまりにも都合がよく甘い囁きばかりだ。信じていいのだろうかと戸惑ってしまう。

けれど、たとえ世辞であってもローファスからそんなことを言ってもらったことはなかった。

マリアライトを心の底から求める言葉に、胸に温かな熱が灯る。

「……好きですよ。愛しています。あなたのためならば、この国をすぐにでも滅ぼすつもりでいます」

「それは駄目だと思いますけれど……」

「駄目ですか。ですが、あなたが王太子に未練を残しているのなら、遠慮なくやらせていただきますので」

微笑を浮かべながらシリウスが宣言する。

独占欲全開なそれを真横で聞いていたレイブンは、顔面蒼白になっていた。

「……なんで前半まではよかったのに、後半で怖くなってんすか」

「怖いとは何だ」

「元婚約者に未練残ってたら国ごと滅ぼすって、それ暴君がやること！　いくら何でもマリアライトさんもビビって……ひっ」

　ちらりとマリアライトを見たレイブンから引き攣った悲鳴が上がった。

　シリウスの熱烈かつ苛烈な告白を聞かされていたマリアライトは、薄青の双眸から透明な涙を零していたのだ。

「マ、マリアライト様!?」

　想い人を泣かせてしまったと、シリウスの顔からも血の気が引いていく。

　一方、マリアライトは二人の反応で初めて自分が泣いていると気付き、困ったように笑った。

「嬉しいと思うのに、涙が流れてしまうなんて……不思議ですね」

「嬉しかったんすか？　今のプロポーズで？」

「怖かったでしょうか？」

「怖いっしょ。あんたの気持ち次第で国一つ滅ぶんだよ？」

「そのくらい私を愛してくださっているのでしょう？　それにシリウスは優しい子に育ちましたから、本当にするはずがありません。ね、シリウス？」

　涙を指で拭いながら問いかけたマリアライトに、シリウスは無表情で黙り続けていた。

「……当然です」

　そして、長い沈黙の後にようやく答えたのだった。

◆
◆
◆

レイブンは食事を終えると、マリアライトの許可を貰ってから窓を開けた。彼が青空を見上げながら口笛を吹くと、二、三羽の鳥が飛んで来た。レイブンのペット兼使い魔のようなものらしい。鳥たちは甲高い鳴き声を上げることなく、レイブンの肩や頭に乗っている。いい子。

「あれは何をされているのでしょう？」

「あの鳥は皇帝陛下が飼育されている鳥と感覚や思考を共有しているんです。なので、ああやって自分のペットを通して陛下に報告しています」

「便利ですねぇ」

それに何だか可愛い。そう感心していたマリアライトだったが、一つの疑問が浮かんだのでシリウスに聞いてみることにした。

「シリウスとレイブン様は魔族の国では偉い御方なのですか？」

「それなりといったところです。しかし、そのおかげでまだ子供だというのに、仕事を押し付けられることが多くてうんざりしていました」

「仕事？」

「はい。本来は兄たちの役目でしたが、そのうち数人は職務放棄しまして。仕方なく俺が携わることになりました」

なるほど、と納得しかけたマリアライトだったが、新たな疑問が生まれた。

「……家族を皆殺しにされたのでは？」

「ああ、それは育ての親のことです。一応は血の繋がっている兄たちも、恐らくまだ存命のはずです」

「シリウス様に報告すんの忘れてたけど、三番目のお兄さんと五番目のお兄さん死んでるっすー。三番目はハニトラに引っ掛かって、五番目はワインに毒盛られて逝ったっすー」

レイブンの遅すぎる報告を聞いて、シリウスは「訂正します」と言った。

「三番目と五番目の兄は暗殺されていました」

シリウスは表情一つ変えなかった。曲がりなりにも血を分けた兄たちに対する親愛の情や悲しみというものは一切持っていないようだ。代わりにマリアライトが悲しげな顔をした。

「シリウス、辛くて悲しいと思いますが、心を強く持ってください」

「別に顔どころか名前もよく覚えてな……いえ、まあ、とても悲しい出来事でしたが、必ずや乗り越えてみせます」

切なげに微笑むその姿は驚きの白々しさだったと、レイブンは後に語る。

「そいつら別に死んでもよかった人たちだったんすよねぇ。放蕩三昧《ほうとうざんまい》で宮廷の金好きに使い込みまくってたらしいんで。むしろ死んでくれてラッキーって喜ぶ奴らの方が多いくらいっす」

「けれど、シリウスも同じように殺されていたのかもしれないのですね」

「まーシリウス様の場合は、この先生きてられるとまずいって理由で殺されかけたんすけど。この人に即位されたらやべぇって連中は結構いたんで」

さらりと爆弾発言を流し込まれ、マリアライトの目が点になる。

「即位とは……何に即位するのでしょうか？」

「次の皇帝に決まってるじゃないっすか」

「……シリウスがですか？」

「当然っす。だってシリウス様は兄上方を抜かして皇太子っすよ」

衝撃の事実ラッシュが止まらない。マリアライトがレイブンからの言葉に笑顔で固まっていると、その皇太子当人が彼女の顔を覗き込んできた。

「どうしました？　思考停止されているお顔も可愛らしいですが」

「とても重要なことを知ってしまい、ちょっと動揺しています……」

「宮廷から逃げ出したと言ったじゃないですか。それである程度ご想像いただけたかと」

「そうですけれど」

道理で最初に出会った時、シリウスは決して素性を明かそうとしなかったわけである。

ひょっとすると、そんな御方からの情熱的な告白を受けたのは、結構大きな話なのではないだろうか。そんな予感が止まらないマリアライトを余所に、報告を終えたレイブンがシリウスに声をかけた。

「シリウス様、陛下が迎えを用意したみたいっす。精鋭兵百人くらい出したから二日くらい待ってろって」

「百人……？」

マリアライトは息を呑んだ。

「マリアライト様のことはお伝えしたか？」

「事情を話したら『その聖女、シリウスに良からぬことをされておらぬよな？』って心配してたっす」

「俺がそんなことをするはずがないだろう。そうですよね、マリ……マリアライト様？」

普段は穏やかな表情の彼女が、初めて暗い顔を見せる。そのまま、何かを考え込む聖女に、シリウスも不安げに名前を呼んだ。

その呼び声に意識を引き戻されたマリアライトが、とても深刻そうな声で言葉を漏らした。

「百人もお見えになるなんて……おもてなしは何をご用意すればいいのかしら」

「そんなもの用意しなくても大丈夫ですから、先ずは落ち着いて深呼吸してください」

シリウスは混乱しすぎて妙なことを言い出したマリアライトに諭すように言った。

やはり亀の甲より年の功だなと、レイブンは後に語る。

第二話　魔族国家セラエノ

二日後、平和な町に重厚な装備をした兵士が百人も訪れることになった。

しかも全員が強い魔力を有した魔族。

ちょっとした大事件なのだが、町人たちはいつも通り平和に暮らしていた。

何故ならこのことを知る者は誰一人としていないからである。

「だって、言えないでしょ。皇太子殿下とその皇太子妃候補を回収するために精鋭兵がわんさか来る予定になってますーなんて」

「候補というのは、もしかしたら私のことでしょうか……？」

「あんた以外誰がいるんすか」

溜め息混じりに答える黒髪の少年に、マリアライトは視線を彷徨わせた。次に何を言えばいいのか分からず、林檎を薄くスライスする作業を続ける。

隣に立っているレイブンも慣れた手つきで林檎を切っている。

ただし、キッチンに常備されている包丁を使っているマリアライトと違って、レイブンは小型のナイフだ。

シリウスを連れての逃亡生活の最中は、山や川で採れた食材を調理していたらしい。

「お上手ですねぇ」

「シリウス様に不味い物を食わせたって知れたら、殺されるっすからね。最低限のことは出来るようにしてたっすよ」

「旅の最中はどのようなものを召し上がっていたのですか?」

現地調達したもので食事を作るというのは、普通の生活を送って来たマリアライトとは無縁の世界だ。

聖女の職務を行うために辺境の地を訪れた時も、必ず料理人が同伴していたし食料も多く持参していた。

現地での料理に毒を盛られる事態を恐れてのことだろう。周囲に農村のない荒野に赴いた場合も、その場でいつでも調理が出来るように大掛かりな準備がなされていた。

マリアライトの聖力は植物に対してのみだ。自身が毒に冒されたとしても、それを瞬時に癒す術がない。

護衛のために来てくれていた兵士たちは、たまに珍しい見た目の木の実や果実を食べていたが、それを食べさせてもらうことは出来なかった。

なので本人たちは大変な思いをしてきたと知りつつも、マリアライトにとっては一種の憧れなのだ。

「あー……うん、あんまり聞かない方がいいと思うんすけど」

レイブンは少し気まずそうだった。

「申し訳ありません、思い出されたくないのならお答えいただかなくても……」

「俺はそんな気にしてないけど、女の人にはちょーっと刺激が強いお話かと」

「私なら平気ですので、お聞かせください」

「……芋虫の塩焼きっす」

均等に切った林檎に視線を落としながらレイブンが重い口を開いた。

「毛がもしゃもしゃ生えてる奴は駄目っす。表面がつるんとしたのに塩を振って串に刺して焼くんすよ……」

「どのような味だったのでしょう?」

目を輝かせながら味の感想を聞いてみると、レイブンはぎょっとした様子を見せながらも答えてくれた。

「う、うーん、虫だって思わないで食えば結構イケる味……ってあんたそこまで聞いちゃうすかぁ」

「?　はい」

「女の人って虫嫌いじゃない?」

「私は平気ですよ。虫がいるということは、自然が豊かな証ですから」

マリアライトも昔であれば虫を見かけただけで悲鳴を上げるほど苦手だったが、いつの間にか気にならなくなっていた。

中には不衛生な場所に集まるような種類もいるものの、虫は基本的に緑が豊かな地域で多く見かけるものだ。

名前も知らないような虫との出会いが増えていくうちに、嫌悪感を抱くことも少なくなっていった。

「俺の母ちゃんなんて蝶を見ただけで奇声上げるんすよ」

「蝶は飛んでいる姿が綺麗なので好きです。特に真っ白だったり薄黄色の翅《はね》を持っていたりする子は、見ていて可愛いと思います」

「あー春頃によく見かけるやつっすね？」

「はい。あの子たちを見かけると春を感じるのですよ」

春になり、柔らかな色の翅で空を舞う彼らを見かけるのがマリアライトは好きだった。

レイブンもうんうんと深く頷いていると、一人部屋に籠っていたシリウスがキッチンに現れた。

レイブンの烏を使って皇帝と会話をしていたはずなのだが、やけに嬉しそうに頬を緩めている。

「マリアライト様、俺をお呼びになりましたか？」

「いいえ。呼んでいませんけど……」

マリアライトがそう答えると、シリウスは真顔で首をひねった。

「今、マリアライト様のお声で『好き』、『可愛い』と聞こえて来たのでてっきり俺の話をしているのかと」

皇太子がご陽気だった理由が判明した。

「ごめんなさい、今はレイブンと蝶のお話をしていたのです」

「蝶……ああ、レイブンはよく蝶を油で揚げて食……」

「はーい、シリウス様。この林檎甘くて美味しいから食べてみてくださーい」

嫌な予感がしたので、レイブンは切ったばかりの林檎をシリウスの口に突っ込んだ。

「レイブン様？　何だか慌てているようですけれど……」

「何でもないっすよ。ほら、ちゃちゃっと林檎切っちゃいましょうね～」

ちなみにマリアライトとレイブンがせっせと切っている林檎は、この後ドライフルーツにする予定だ。

シリウスとレイブンが聖女の育てた果実は甘くて美味しいと皇帝に報告したところ、彼も食べてみたいと言い出したのである。

しかも変わった食べ方で、と注文もつけて。

「ドライフルーツなんてあまり珍しくないと思うのですが、陛下にご満足いただけるのでしょうか？」

「こちらでは干した果実はさして珍しくもないようですが、魔族の国では果実は皆酸味が強いものばかりです。更に乾燥すればより酸味が増すので、新鮮なうちに砂糖や蜜をかけて食べるのが一般的になっているんですよ」

シリウスが説明をしながら、レイブンからナイフを取り上げようとする。何事？　とレイブンが訝しげに眉を顰めた。

「マリアライト様の手伝いを任せて済まなかったな。後は俺が入るからお前は休め」

「いや主様に労働させといて、ぐーたらするとか畏れ多すぎて出来ないんすけど……」

「いいから休め」

マリアライトと共同作業がしたい。くっついていたい。そんな強い思いを持つ男にこれ以上何を言っても無駄である。

レイブンはリビングに引っ込むとソファーに寝転がり、数分後には寝息を立て始めた。彼は彼で長旅で疲れていたので、シリウスの命令はわりとありがたいものだった。

◆　◆　◆

マリアライトが見たことのある魔族は、シリウスとレイブンのみだ。

そのどちらも「魔族です」と言われない限りは、人間と酷似した外見をしている。シリウスは収納自在（？）な角を持っているし、レイブンに至っては、どこからどう見ても人間と同じ見た目だ。

だから魔族とは皆そのような姿だと思っていたのだが、その予想は大きく裏切られることになる。

「あなたがシリウス殿下をお救いになった聖女マリアライト様ですね？　お会いすることが出来て光栄でございます」

人々は町を訪れた魔族の兵士たちに、恐怖で震え上がっていた。

彼らの頭部は山羊、狼、猪など獣の形をしており、人間とはかけ離れた強靭な肉体を有している。そんな兵士が何の変哲もない長閑な町に大人数でやって来たのだ。

ついに魔族が侵略しに来たのだと、皆自宅に逃げ帰った。

本当にそのつもりで来たのなら、家に避難したとしても無駄なのだが。

「初めまして、私はマリアライト・ハーティと申します。皆様のお越しをお待ちしておりました」

「うぃーすっ。皆さんお久しぶりっすね～」

「レイブン様、国ではあなたが反乱軍に殺されたと言われていましたよ。ですから、殿下と共におられると聞いた時は夢かと思いました」

「そんなことになってたんすか⁉　陛下には定期的に報告してたんすけどね……」

中身が詰まった麻袋を抱えて深く溜め息をつくレイブンを、兵士たちが微笑ましげに見詰めている。中には目に涙を浮かべている者もいた。

レイブンはそんな彼らに「そういうの恥ずかしいからやめてくんない？」と悪態をついているが、満更でもないらしい。

再会を喜んだり、それを恥ずかしがったり。その光景は人間とさして変わらない。

彼らの邪魔にならないようにマリアライトは静かに眺めていたが、数人の兵士に凝視されていると気付いた。

「私に何か御用でしょうか？」

「あっ、いえ、不愉快なお思いをさせてしまい申し訳ございません！」

猪の顔でも、慌てていることがよく分かる。マリアライトに声をかけられて、兵士たちはその場に膝をつこうとした。

「お待ちになって。あなた方は私に何の危害も加えていないでしょう？」

「で、ですが」

「あー大丈夫っすよ。マリアライト様は普通の聖女様じゃないから、ジロジロ見られたくらいで火炙《ひあぶ》りなんて言わないんで」

何だか不穏な言葉が聞こえて来た気がする。火炙り？　と瞬きを繰り返すマリアライトに、レイブンが乾いた笑いを漏らしつつ口を開こうとすると、

「聖女は俺たちの国にとっても重要な存在なんですよ。それこそ皇族のように丁重に扱われるほどに」

いつの間にかマリアライトの傍らに立っていたシリウスが、彼女の疑問に答えた。普段は隠している緋色の角も本日はしっかり生えている。太陽の光を受けて輝く様はまるで紅玉だ。

すると、兵士たちが一斉に片膝をついた。彼らを代表して狼頭の兵士が言葉を発する。

「シリウス殿下、よくぞご無事でございました」

「頭を上げろ。俺は長い間、国を空けていた男だぞ」

「そのようなことを仰らないでください。我々も民たちも、あなた様のご帰還を待ち望んでおります」

静かな声からは温かみを感じる。

レイブンと同じように、いやそれ以上に慕われていたのだろう。

気恥ずかしそうに視線を彷徨わせる彼の顔をマリアライトが覗き込む。

「自信を持ってください。あなたは皆様から必要とされている方なのですよ」

「……それは分かっています。ただ、少し驚いてしまいまして」

「それなら仕方ありませんね、シ……あら、いけない。あまり深く考えていなかったけれど、いつまでもこの呼び方はいけないわ」

本人やレイブンから呼び方を改めるように言われたわけではないが、皇太子を呼び捨てにしているのは不敬に当たるだろう。

マリアライトはシリウスに頭を下げた。

「これまでの非礼をお許しください、殿下」

そう言った直後、レイブンの「あ！」という声が聞こえた気がした。

ゆっくりと顔を上げると、シリウスが真顔で固まっている。翡翠色の双眸でマリアライトに視線を注いだまま、凍り付いたように動かない。

怒っているようには見えないが……。

「殿下？　いかがされました？　殿下？」

マリアライトがいくら声をかけても、顔の前で手を振ってみても無反応だ。

何度も呼びかけていると、ようやく解凍されたシリウスが口を開いた。

「その呼び方はやめていただきたいのですが……」

「申し訳ありません、何か特別な呼び名があるのでしょうか？」

「ありませんが、今まで通り名前で呼んでください」

「ですが、殿下を呼び捨てというわけにはいかないと思うのです」

「はい。そこは俺も承知しています。なので、せめて『シリウス様』でお願いします」

寂しげな口調で言われてしまい、先に呼び方を確認すればよかったとマリアライトは少し後悔した。親しい者から殿下と呼ばれるのをあまり好まないのかもしれない。

考えてみれば、兵士たちには殿下と呼ばせているが、彼の部下であるレイブンは『シリウス様』呼びだ。

「分かりました。ではこれからはシリウス様とお呼びしますね」

「……はい。ありがとうございます、マリアライト様」

「私のことは呼び捨てにしていただいても……」

「これからもよろしくお願いします、マリアライト様！」

どうやらこちらの呼び名は変えてくれないらしい。すると、レイブンが「セーフだからあんま気にしなくていいっすよ」とマリアライトを安心させるように言った。

「さっきシリウス様が言ったっしょ？　聖女様は皇族並みの待遇だって」

「あ、そうでした」

「……実際、シリウス様を呼び捨てにしたっていいくらいなんすけどねぇ」

マリアライトには聞こえないほどの小声で呟くと、レイブンは抱えていた麻袋を側にいた山羊頭の兵士に押し付けた。

「もーいい加減重いからあげるっす」

「レイブン様、こちらの中身は何でしょうか？」

「マリアライトさんの聖力で育った林檎っす。せっかく食べ頃に育ってたのに置いて行くのも勿体ないから全部収穫したんすわ。せっかくだからあんたらで分けて食っちゃって」

背伸びをしながらレイブンが答えると、今度は兵士が先程のシリウスのように固まってしまった。

「どしたんすか？」

「聖女様がお育てになった果実なんて……そんな貴重なものを気軽に渡さないでください！」

レイブンから麻袋を託された山羊頭の兵士は半泣きで叫んだ。他の兵士からも悲鳴が上がっている。彼らの阿鼻叫喚ぶりに、マリアライトは「あら」と頬に手を当てて目を丸くした。

「でしたら、もっと育てましょう」

「マリアライトさん何言ってるんすか？」

「たくさん林檎をご用意すれば貴重ではなくなると思いまして」

「何その理論……」

数の問題ではないのだが。

責任を感じて涙目になっている山羊頭の兵士に、シリウスが「お前は何も悪くない」とフォローを入れていた。

魔族国家とも称される帝国『セラエノ』は大陸の最北端に位置している。

人口の九十パーセント以上を魔族が占めている、ということ以外は殆どが謎に包まれている国である。

数百年もの間、他国との国交を断絶し続けているが、人間より遥かに優れた身体能力と魔法と呼ばれる秘術を駆使し、大陸そのものの支配を企てているのではと囁かれている。

密偵を送り込んで情報を得ようとする国もあったが、結局は失敗に終わった。潜入を試みた密偵は、二度と自国の土を踏むことがなかったと語られている。

「大陸征服の件に関しては普通にやらかしかけているので、弁解のしようがありませんね」

「あら、そうだったのですか？」

「二百年ほど前に当時の皇帝が大量の奴隷欲しさに、人間の国に攻め入ろうとしたんですよ」

セラエノに向かう馬車の中で、マリアライトとシリウスはのんびりと物騒な会話をしていた。

シリウスの隣では、レイブンが窓の外に広がる景色を眺めている。

マリアライトたちを乗せた馬車を囲むように、兵士たちが乗る馬車がいくつも走る。

少し過剰すぎるのでは？　とマリアライトは思ったものの、自分も遠方に出向く際はこのような警備態勢だったと思い返す。

「その御方は、どうしてそのようなことをしようとしたのです？」

「セラエノには奴隷制度がありません。なので、他国との戦争で捕虜とした兵士を、奴隷同然に扱う気だったようです。離宮を早急に建設させるために、そんな馬鹿なことを思い付いたようでしたが」

「完成をゆっくり待つことが出来なかったのですねぇ……」

困った性格の皇帝だったらしい。黒歴史となっているのか、シリウスも眉を顰めている。

「『力を持つ者は力に溺れてはならない』。セラエノを築いた祖の言葉です。魔族にとって人間はあまりにも弱い生き物です。寿命が短く、魔法も使えない。そんな彼らを力で蹂躙することは、禁忌とされています。それを破ろうとするのであれば……すみません、これより先は少々血腥《ちなまぐさ》い話となりますので」

「そうですか？　私はもっとお聞きしたいと思いましたけれど……」

「あなたの性格上、このような話題はお嫌いかと思っていましたが、意外とグイグイ来ますね。そのギャップに少し興奮します」

「好んでいるわけではありませんけれど、事の顛末について興味はあります」

いつもと変わらない朗らかな笑顔で続きを促すマリアライトに、シリウスは「なるほど」と合点がいったように頷いた。

「あなたはあの忌まわしい王宮に五年もいましたからね。耐性もついていますか」

「ええ。今のようなお話は、たくさん聞かされて来ましたから。ここでは言えないような内容もありました」

王太子妃教育の一環で、国の歴史も学ばされていたのだ。その中には、身の毛がよだつような出来事も多く含まれていた。

あの頃を懐かしんでいると、レイブンが視線をマリアライトに向けていた。

「すみません。他言無用と言われていますので、お話しすることは出来ないのです」

「いえいえ、おっかないんでいいっす。……あの国のゆるふわセキュリティにドン引きしてただけなんで」

「……レイブンと同意見です」

シリウスがぽつりと言葉を零した。

「国の機密情報を教えられたあなたを野放しにしておくとは正気ですか？」

「もし、あんたがどっかの国にその情報を売っちゃったら……とか思わなかったんすかねぇ」

「そういえば、殿下はそれに関しては何も仰っていませんでした」

普通にここまで来てしまったが、大丈夫なのか。まあ半年以上時間が経っているので特に問題はなかったのだろう。

「馬鹿殿下……ってそろそろセラエノ領に入るっすね」

再び窓の外に視線を移したレイブンが嬉しそうな声を出した。

「マリアライトさん、面白いもんが見れるっすよ。外見てみて」

レイブンに促されて、マリアライトも軽く身を乗り出して周囲を見回す。

あまり整備のされていない荒れた道を走っているだけのような。何が面白いのだろうかと疑問を抱いていた時だった。

　辺り一面の風景がぐにゃりと歪んだ。まるで水面に映る景色のように大きく揺らめくそれは、違う姿へと転じていく。

　マリアライトの瞳と同じ色をした空は黒が混じり、地面には所々光の粒が散っている。

「まあ……青空だったのが夜になってしまいました」

「魔族の国は常に夜の時間が続いており、青空が存在しません」

　そう言いながらシリウスが指を鳴らすと、天井付近に掌サイズの光球がいくつも現れた。そのおかげで馬車の内部は明るさを保っている。

「そして、他国の密偵がセラエノに潜入出来なかった理由がこれです。セラエノは他国に攻め込まれるのを防ぐため、こうして目晦《めくら》ましの結界で国そのものを隠しています。招かざる客は、この国に辿り着くことが決して出来ません」

「ですけれど、密偵の方は二度と生きては戻って来られないというお話では……？」

「あれは魔族が残虐な種族だというイメージを植え付けるために、人間が生んだ作り話に過ぎません」

「昔はこんなもんなかったんで、普通に国境付近に兵士を置いて追い払ってたんすよ。それが結界装置が開発されたおかげで解決したんす。万が一に備えて兵士は配備したままだけど」

　シリウスが出現させた光球を指でつつきながらレイブンが言う。

「誰にも傷付けずに済みますもの。素晴らしい発明だと思います」

「マリアライト様もそう思われますか？　セレスタインも喜ぶことでしょう」

「その御方が作られたのですか？」

「少々変わった男ですが、有能な魔導具師です」

「そんなにすごい御方なのですね。是非お会いしてみたいです」

「はい。俺も久しぶりに顔が見たいので、会いに行きましょう！」

そんな会話に耳を傾けていたレイブンは、苦い笑みを浮かべていた。

「……少々変わってるどころじゃないんすけどね……」

◆　◆　◆

シリウス帰還の知らせは、国中に広まっていたらしい。馬車が帝都に入ると、大勢の魔族に出迎えられた。

「シリウス殿下のご帰還だ！」

「皆、花を用意しろー！」

「あ！　でんか、おおきくなってるよ！」

「こら、馬車に向かって指を指しちゃ駄目！」

「ああ……素敵だわ、殿下……」

夜だというのに帝都は賑やかだった。

至るところにシリウスが魔法で作ったような光球が浮かび、屋根に登った男たちが馬車目掛けてバケツを引っくり返すと、中に入っていた彩り鮮やかな花びらがひらひらと舞い散る。

空から轟音が聞こえたので、マリアライトは馬車から顔を出して見上げた。すると、星のない夜空を背景にして花火が打ち上げられている。

マリアライトの国でも花火は普及していたが、こちらの方が技術が上のようだ。赤、青、緑、黄、紫、白と様々な色が使われており、大きさも段違いだ。

そして、花火の音を掻き消すほどの歓声。

「お祭りのようですねぇ」

「実際お祭りっすよ。反乱軍に殺されかけた皇太子が、やーっと国に帰ってきたんすから」

「俺は普通に出迎えて欲しいと、陛下に言ったはずだが……」

肝心の本人はあまり喜んでいないようだ。足元に視線を下ろして身を固めている。

「ここまでされると反応に困る」

「んー、でもシリウス様のためだけに、こんな派手にやっているわけじゃないみたいっすよ」

外から聞こえてくる歓迎の言葉。それらにはマリアライトに対するものも多く含まれていた。

「ようこそお越しくださいました、聖女様！」

「シリウス殿下を救ってくださったと聞いております！」

「あの美しい女性が聖女マリアライト様だろうか……」

「とてもお優しそうなお顔をされておられますな！」

「あ、お母さん！　今マリアライト様がこっち見て笑ってくれたよー！」

大人から子供まで大騒ぎだ。このような経験のないマリアライトにとっては新鮮な光景である。人前に出たことなど殆どなかったので当たり前なのだが。

帝都の街並みをゆっくりと進み続けていた馬車の前方に、巨大な城が現れた。

最初は視認出来なかったが、よく目を凝らすとそこに建造物があるのが見えた。

「黒いですねぇ」

「はい。久しぶりに見ましたが、黒いです」

花火の光で照らされた城は黒一色だった。そのせいで夜の闇と同化しかかっている。

「あの城は建国記念に建てられましたが、敵軍を欺《あざむ》く目的があったと言われています」

「ちゃんと考えられていたのですねぇ。てっきりデザインされた方のご趣味かと思ってしまいました」

「好みだけでこんな城を建てたら非難がとんでもないことになりますね。……それから馬車から降りる前に、一つだけお願いがあります」

馬車の外を一瞥し、シリウスが声を低くした。

「何があっても俺から離れないようにしてください」

「はい。知らない土地ではぐれて迷子になったら大変ですものね」

「そういうわけではないんですが……」

ただ素直に従ってくれると分かったので、それ以上何かを言うつもりはないらしい。レイブンはシリウスの『お願い』の意図に気付いているのか、顰め面で外を眺めている。

和やかだった馬車の中の空気が僅かにひりついていると、正門前で馬車が停まった。

城へと続く道には、重厚な鎧を装備した兵士が並んでいる。その厳かな雰囲気を物ともせず、「はいはい、ご苦労さん」と軽口を叩きながらレイブンが最初に降りる。次にシリウスが降りると、中に残ったままのマリアライトに手を差し伸べた。

「どうぞ、マリアライト様。俺の手に掴まりながら降りてください」

「よろしいのですか？」

「はい！　このシチュエーションに憧れていましたので是非どうぞ！」

満面の笑みで言われたので甘えることにする。自分よりも大きな手を握り、そっと馬車から降りた途端、マリアライトの体はシリウスの腕の中にあった。

そして、すぐ近くで聞こえた轟音。

「あら、馬車が」

たった今まで三人が乗っていた馬車が木っ端微塵に爆発していた。

火柱を立てて燃え上がっているが、火の粉や馬車の残骸がマリアライトに降りかかることはなかった。マリアライトとシリウスを守るように、赤い膜が二人を包み込んでいる。

シリウスが素早く防壁魔法を使ったらしい。

「マリアライト様、お怪我はありませんか」

「私は大丈夫ですが、馬車の馬は無事でしょうか……？」

「ご安心を。転移魔法ですぐに別の場所に移したようですから」

「はい。安心しました」

「マリアライトさん？　あんた今爆死しかけたのにちょっと冷静すぎない？」

ホッと安堵の溜め息をつく聖女にレイブンが驚愕する。

そんな彼を目掛けて、上空からは巨大かつ鋭い氷柱が数本落下しようとしていた。

「レイブン、今すぐしゃがめ」

「へ？　は、はい！」

言う通りにしたレイブンの真上に炎の壁が出現し、氷柱を全て受け止める。氷柱は炎に触れた瞬間に蒸発して水滴すらも残さない。

ついでにレイブンの頭頂部が焦げた。

「あっっちぃぃぃっ！」

「そのうち生えて来るだろうから、あまり気に病むな」

「気に病むくらい燃えたの？　俺の頭今どうなってる!?」

半泣きに髪を確認しているレイブンだったが、焦げたのは僅かな量だったので地肌が露出するまでには至らなかった。

「シリウス様、私とレイブン様を助けてくださってありがとうございます」

「俺が原因のようなものなので、お守りするのは当然です。レイブンはついでですが」

「もう離していただいても大丈夫ですよ」

「……………まだ何かあるかもしれないので、もう少しくっついていましょう」

何故かレスポンスまでに妙な時間があった。シリウスも突然のことで動揺しているのか、彼の心音による振動がよく伝わり、呼吸が少し荒くなっている。

「魔法の腕は相変わらず大したものだ。それに随分と男前に成長したな、シリウス」

古風で、おっとりとした口調だった。

いつの間にか火が消えていた馬車の残骸の上で、一人の男が優しげに微笑んでいる。

外見年齢はマリアライトと同じほどだろうか。月の光を閉じ込めたかのような淡い金色の髪と、静謐な湖底を彷彿とさせる青色の瞳。

そして、その頭部からは黄金に輝く角が生えていた。

「お前の魔法の腕が鈍っていないか、確かめたくてな。宮廷から抜け出してしまった」

「だからと言って、このような形で俺を試すのはどうかと思いますが。マリアライト様に被害が出るところでした」

シリウスは男に呆れを含んだ物言いをしながら、マリアライトの体を一層強く抱き締めた。

一方、レイブンや兵士たちは彼に向かって膝をつき、頭を垂れている。

もしかして、とマリアライトは口を開いた。

「あなたが……この国の皇帝陛下でございますか？」

「うむ、当たりだ。賞品代わりに飴などは……いや、無駄話の前に自己紹介といこう。私の名はウラノメトリア＝セラエノ。この国の皇帝なんて大それた肩書きを持つ者だ」

魔族国家の皇帝は、息子と聖女に緩く手を振った。

◆　◆　◆

中まで真っ黒なのかしら、というマリアライトの予想に反して城の内部は普通だった。

王太子妃教育の際に読まされた書物では、魔族の居城には討ち取った人間兵を剝製にして飾っているだとか、頭蓋骨で作った杯があるだとかそんな文が書かれていたのだが。

むしろ、実際はシンプルかつ実用的な構造になっているのが分かる。マリアライトの国の城とは違い、金銀や宝石、動物の剝製《はくせい》や毛皮があちこちに飾られているということがない。

ローファスはいかに自国が裕福であるのかを示すため、城内には豪勢な装飾品やオブジェを置くものだと言っていた。それは正しいことなのかもしれない。

けれど、税金を高く設定してたっぷり徴収した金でそんなものを用意していると知れれば、民衆の怒りを買うことはマリアライトも予想出来た。

茶会の際、ローファスにそのことを相談すると、陛下に掛け合ってみると言ってくれたが何も変わらなかった。

「そなたが翡翠の聖女マリアライトか。野に咲く菫《すみれ》のような美しさだな」

玉座に腰掛けたウラノメトリアは目を細め、異国の聖女の来訪を喜んでいる様子だった。

馬車の爆発や、レイブンを襲った氷柱は彼の魔法によるものだった。

理由は先程本人が述べた通り。

皇帝であると同時にシリウスの父である彼は、少しお茶目な性格なのだとマリアライトは感じた。

「お褒めの言葉ありがとうございます、陛下。ですが、その翡翠の聖女とは何でございましょうか？　そのように呼ばれたのは初めてなのですが……」

「聖女にもその能力ごとに名称があるのだ。そなたの場合は翡翠。それもとびきりの聖力を持っている」

「翡翠……とびきり……」

マリアライトは首を傾げた。翡翠の聖女なんて何だか綺麗な呼び名だが、聖力に個人差があるのも初耳だ。

「陛下。そのことに関してですが」

ウラノメトリアへと向けられるシリウスの眼差しは、剣呑《けんのん》な色を宿していた。

「俺は聖女のお力を利用するために、マリアライト様を連れて来たのではありません」

「承知している。そもそも聖女に聖力の行使を命じれば、天から裁きの雷が落ちるであろうな」

溜め息を零し、ウラノメトリアはマリアライトをじっと見据えた。

「魔族の子を匿《かくま》って育て続けるとは、そなたも変わり者だ。すぐに城に突き出していれば、それなりの報酬が得られたろうに。そうでなくとも、素性の知れない子供との暮らしは窮屈だったのではないか？」

「私の生家は部屋がたくさんありましたし、キッチンも広いのでシリウス様が大きくなられた後も狭いと感じたことはありませんでした」

「そのような意味で聞いたわけではないのだが、楽しく暮らせていたようなのでよいか。マリアライト、我が国セラエノはそなたを歓迎しよう。そして、そなたが望むのであればシリウスの妃となることも許す」

あっさりと言い渡され、マリアライトは目を丸くした。シリウスを見てみると彼も呆然としていた。

二人の反応に、ウラノメトリアが首を傾げる。皇帝とは思えないやや幼い仕草だった。

「どうした？　もっと喜ぶと思っていたのだが。特に息子の方」

「いいえ、陛下のお言葉はとてもありがたいです。ですが、こうもあっさり許可を得られるとは思いもしませんでした」

「忘れたか、シリウス。セラエノは人間を忌み嫌っているわけではない。少数ながら人間も暮らしている。魔族と夫婦となり、子を成す者もいる」

「それは民の話でしょう。皇族となると……」

「後で調べてみろ。稀だがおぬしのように人間を見初めた皇族は存在する。それに相手は翡翠の聖女で、おぬしの恩人だ。反対の声は少ないと思うがな。……尤《もっと》も、あの負けん気の強い令嬢は噛み付いて来るだろうが」

最後に小声で呟いてから、ウラノメトリアは優雅に微笑んだ。シリウスはそれを聞き取ったようで僅かに眉を顰めたが、聞かなかった振りをしてマリアライトと共に頭を下げた。

その刹那シリウスの目に映ったのは、憂いの表情を浮かべるマリアライトの横顔だった。

「さて、シリウス。暫し外してくれるか。マリアライトと二人きりで話したいことがある」

「はい。それは構いませんが……」

「案ずるな。聖女としてではない。彼女個人と言葉を交わしてみたいのだ」

「……承知しました。マリアライト様、失礼します」

シリウスの影が勝手に動き出し、床から剥がれて彼の体に絡み付く。影はその状態で縮小して最後には消えてしまった。

「これでよし。……マリアライト、一つ聞きたいのだが、そなたはひょっとすると、まだシリウスを恋仲の男として見ることが出来ずにいるのではないか？」

「陛下にはそのように見えますか？」

「妃の話になった時、そなたはあまり喜んでいる様子がなかったからな。かと言って嫌悪しているわけでもない。いかにも『どうしよう』という顔をしていた」

眉尻を下げながらマリアライトは小さく笑った。

「私は二度も結婚をし損ねています。二度目は、最後までお相手に愛情を抱くことすら出来ませんでした。そして、シリウス様のことも愛しいとは思いますが、それが恋によるものか家族愛から来るものか分かりません。……この歳にもなって自分の気持ちの整理がつかないのです」

「ううむ、そなたは私と似てまったりのんびりしているように見えて、わりかし難しいことを考えているな」

ウラノメトリアは小さな子供を見るような表情を浮かべていた。

「恋をして愛するのは権利であって、義務ではない。将来結婚する相手だからと、一生懸命愛そうと努力する必要はないのだ。愛せなかったからといって自分を責めることもない。その二人の間に恋が芽生えぬなら、それまでの話に過ぎぬ。政略結婚もそのようなものであろう？」

「ですが、それではシリウス様に申し訳ないのです。お気持ちを受け入れると決めましたのに」

シリウスはたくさんの言葉と愛をくれた。そんな彼を拒むという気持ちは、マリアライトには存在しない。受け入れたいと思う。

だが、いざ彼の故郷を訪れると『三度目』をどうしても意識してしまう。

三度目の別れ。それから逃れるため、無意識にシリウスに恋心を抱かず、未だに親心を持ち続けているのだとすれば。

「……マリアライト、そなたに魔法の呪文をかけてやろう」

珍しく不安な表情を見せるマリアライトに、魔族の皇帝が人差し指をピンと立てる。

「これでそなたは、シリウスの愛を信じることが出来るはずだ」

◆　◆　◆

レイブンが文官たちから「助けてください」と泣き付かれたのは、食堂でステーキを頬張っていた時だった。ごゆっくりお休みくださいと言われたので、ゆっくり好物を堪能していたら「いたぞ！　レイブン様だ！」と彼らに囲まれたのだ。悪いことをした気分である。

「……どうしたんすか？」

「も、申し訳ありません。レイブン様のお力を是非お貸しください……！」

「我々はあまりにも無力です……」

「え、怖……ほんとどうしたの」

まさかまた反乱起こった？　とレイブンが身構えていると、一人が涙ぐみながら訴え始める。

「シリウス殿下についてです……」

「シリウス様に何かされたんすか？　それとも言われた？」

シリウスとは長い付き合いになるが、彼が理不尽な理由で家臣を困らせたことは殆どなかった。遊び惚ける駄目兄貴が何人もいるというのに、自分は我儘《わがまま》を言わずに公務に携わる姿を見ていられず、レイブンは彼の側近であり続けた。第何とか皇子から給与アップを条件に引き抜きを打診されたが断った。

弟の部下を金で釣ろうとする暇があるなら、弟の仕事を少しは手伝えよ。そう憤ったのを覚えている。

その駄目兄貴こそがハニートラップにまんまと嵌り、美女と一夜を共にした翌日に冷たくなっていた皇子なのだが。

「シリウス殿下はセラエノにお戻りになったばかりです。それに長旅でお疲れでしょう。ですから暫くはお休みになるか、聖女マリアライト様とお過ごしになるようにと申し上げたのですが

「……」

「ですが？」

「全く休んでくれません」

「休まないでお仕事してるんすか？」

「はい」

「俺なんてステーキ食っちゃってんのに？」

「はい」

あ、これ肉食ってる場合じゃねーわ。レイブンは手からフォークとナイフを滑り落とした。


執務室に行くと、本当にシリウスが書類の山に囲まれていた。

「シリウス様ー。俺が飯食えないんで休んでくださいっす」

「俺は疲れていない。俺に気にせず肉でも魚でも食べていろ」

「あんたね～～！　そこら散歩した後に一仕事すっかみたいなノリでやっちゃ駄目！」

暗殺されかけて国を離れ、ようやく戻って来られたのだ。少しくらいのんびりしても許されるのではないだろうか。というより、休めと言いたい。

帰って来て早々仕事をしろだなんて、この国はそんな鬼畜思考ではない。

「俺はマリアライト様の下で休みすぎた」

「休んだとは違うでしょ。連絡手段持ってる俺が迎えに行くまで下手に動けなかったわけだし」

「動こうと思えば動けた。しかし、お前が来るまではと自分を甘やかした。それも利己的な理由でな」

ちょっと元気がなさそうなのは、身体的に疲れているのではなく、自己嫌悪に駆られているからだろう。

「そりゃあ、そうだけどさぁ。『星竜《せいりゅう》』にも休息が必要っすよ」

星竜。シリウスに付けられた異名である。

幼い頃から魔法の達人だったシリウスは、兄たちをも上回る実力を持っている。

更にお仕事一筋で、そのせいで皇太子に選ばれてしまった彼が動かずにいた理由。そんなの一つしか心当たりがない。

「マリアライトさんと一緒にいたかったとかっすかぁ？」

「……俺は心の弱い男だ」

シリウスは目を通していた書類を机に置き、首を横に振った。

「まーまー。あんたガキらしいことしないで大人の手伝いしてたんだから、全然許されると思うんすけどね。マリアライトさんの所に行って、いちゃつけばいいのに」

「それについても迷っている」

シリウスはすぐに言葉を返した。

「俺も今すぐマリアライト様にお会いして、あの笑顔を見て癒されたいと思う。可憐なお声も聞きたいし手も握りたい」

「あんだけ好き好きオーラ出してたわりには、結構普通の願望っすね……俺はてっきりマリアライトさんの手にしゃぶりつきたいとか、ヤバいこと考えてると思ったたっすわ」

「…………………」

「何その『それいいかも』って顔！　絶対やっちゃ駄目よ！」

冗談でも言わなければよかった。レイブンがそう後悔していると、シリウスは窓の外に視線を向けた。

「だが、マリアライト様はまだ整理がついていないようだ。少しお一人で考える時間が必要かもしれない」

「整理？」

「あの方は俺の妻になることを迷っておられるご様子だった」

「迷ってるなら、とっとと口説き落としちゃった方がいいんじゃないすか？　心変わりされたら、あんた振られちゃうっすよ」

「無理強いはしたくない。マリアライト様をあの国から連れ出した一番の理由も、これ以上道具扱いされるのを防ぐためだ」

「まあ、そうっすね」

マリアライトが王族から受けた仕打ちはあまりにも酷かった。身勝手な理由で彼女を手離しているが、あのような連中は何かあればまた頼ろうとするのだ。

マリアライトも彼らの言う通りにするだろう。容易に想像出来る。

「俺はマリアライト様の幸せを誰よりも願っている。マリアライト様が望まれないのなら、結ばれなくてもいいと思っているし、それでも彼女を愛し続けるつもりだ」

「あんた、将来皇帝にならないといけないのに、誰も娶《めと》らないのはちょっとまずいんじゃ……」

「だったら皇位継承権など他に譲るさ。皇帝にならなくとも、この国とマリアライト様をお守りする方法はいくらでもある」

それは困るとレイブンは心の中で思う。多分皇帝陛下も「ちょっと待って」と止めるはずだ。レイブン個人としてはシリウスの好きなように生きて欲しいと思うが、家臣としてはそうもいかない。

「どうにかマリアライトさんがシリウス様を男として見てくれるといいんだけどなぁ……」

反乱騒動も終わり平和を取り戻した国に帰って来て早々、大きな悩みに直面するとは。

「……!」

シリウスが突然椅子から立ち上がり、勢いよくドアを開ける。目で追えないほど速すぎる動きだったため、レイブンには瞬間移動したかのように見えた。

「シリウス様、よくお気付きになりましたね。まだドアをノックする前だったのに」

来訪者はメイドを連れたマリアライトだった。どうやら彼女の気配を察知して素早い行動に出たらしい。

「マリアライト様、いかがなさいました?」

「メイドの方が美味しいクッキーを焼いてくださったのです。よろしければシリウス様もご一緒に……」

「食べます」

マリアライトが言い終える前にシリウスは答えた。会いたくても会わずにいたせいか、機動力が無駄に高くなっている。

「あなたからこうして誘ってくださって、とても嬉しく感じます」

そして息を吐くように、甘く熱を帯びた声を出す。

恐らく無意識だろうが、破壊力がある。付き添いでやって来たメイドが頬を真っ赤にしている。顔もよくて声もいいのは反則だ。

だがしかし、肝心のマリアライトには恐らく効き目がない。そう思いながらレイブンは彼女へ視線を向け、硬直した。

「……私もお誘い出来てよかったと思います」

聖女の白い頬にはうっすらと朱が散っていた。

文官やメイドはマリアライトに感謝していた。誰が何を言っても、執務室から出ようとしなかったシリウスがすぐに出て来たのだ。

しかし、その顔は決して喜色満面という感じではなかった。

喜びと困惑が入り混じる表情をしている。直前までその場に立ち会っていたレイブンも、得体の知れないものを見るような眼差しを聖女に向けていた。

無理もない話だった。どんなにシリウスからアタックされようとも、のほほんと微笑むばかりのマリアライトが頬を染めて喜んだのだ。シリウスは自分にとって都合のいい夢を見ているのかと思ったし、レイブンは幻覚を疑った。

「マリアライト様、何かありましたか？」

「何かとは……？」

「……何でもありません」

「？」

シリウスは思わず視線を逸らした。心なしか首を傾げるマリアライトがいつもよりも愛らしく見える。

彼女の周囲に花びらが散っているような幻すら見え始め、シリウスは人知れず焦っていた。その可愛さで呼吸が止まりそうだ。その真っ白な手にキスを落としたいし、吹き出物一つないまろやかな頬に頬擦《ほおず》りがしたい。

ちなみに普段のマリアライトをまだよく知らないメイドたちは、微笑ましい光景だとほのぼのしていた。

マリアライトに用意された部屋に足を踏み入れると、焼き菓子の甘く香ばしい香りと紅茶の芳《かぐわ》しい香りが鼻腔を擽る。

複数のメイドが皇太子と聖女のために茶会の準備を行っていた。

我儘が許されるのならマリアライトが焼いてくれたクッキーが食べたいが、まだ城にやって来たばかりの彼女にそんなことはさせられない。

それにメイドたちは皆楽しそうに動いている。

「シリウス様のためにご準備出来ることを喜んでいらっしゃるようです」

マリアライトにそう言われ、昔は茶会に参加したことがなかったとシリウスは思い出した。そんなものに興味はなかったし、メイドもその方が楽だろうと考えてのことだったのだが。

「誰かのために美味しいお茶やお菓子を準備するのは、とても楽しいことなのですよ」

「……そうですか」

「私もそうでした」

懐かしむような、それでいて寂しさも含んだ柔らかな声だった。彼女は誰を思い出しているのだろう。

幼い姿だった頃のシリウスか、彼女を捨てた王太子か、それとも本来結ばれるはずだった婚約者の男か。

カップに注がれた紅茶を見詰める薄青の双眸からは、彼女の思考までは読み取れない。

笑っている時の顔が一番好きだが、こんな風に物思いに耽るマリアライトには不思議な美しさがある。

透明な美という表現をすべきか。どこか無機質さを感じさせる。

惚れた弱みを差し引いても、マリアライトは美しい顔立ちをしている。

「……俺も紅茶の淹れ方や菓子の作り方を学ぼうかと思います」

「シリウス様がですか？」

「はい！　是非マリアライト様に……！」

そこまで口走ってからシリウスは言葉を止めた。今のマリアライトには少し重すぎるかもしれない。本当はもっと愛を囁きたいが、無理に愛を押し付けるのは避けるべきだろう。

「いえ、俺が用意するよりもメイドが用意したものの方が、味も見た目も絶対にいいはず……」

「そんなことはありません。きっと美味しくて、見た目も綺麗だと思いますよ」

先程まで人形のような表情をしていたマリアライトが頬を緩め、目を細めて微笑んでいる。

シリウスが大好きなマリアライトの笑顔。だが、心から幸せそうな甘いそれは、初めて見る笑みだった。

「だって、シリウス様がご用意してくださるのですから」

まるで恋する乙女の微笑みだ。

シリウスは真顔でティーカップの取っ手を握り潰した。破片が周囲に飛び散り、中身がシリウスの衣服にかかる。

「シリウス殿下⁉　大丈夫でございますか⁉」

「マ、マリアライト様……お聞きしたいことが……」

「殿下！　マリアライト様のことより、今はご自分のことをお気になさってください！」

淹れたばかりの紅茶を太股にぶちまけたまま、シリウスはマリアライトの手を握り締める。メイドたちがパニックになっているのが分かるが、魔族なのでこの程度で火傷をするはずもない。

たとえ火傷をしていたとしても、そんなのを気にしている余裕などなかった。

今すぐに聞かなければならないことがあった。

「ケーキはどのような種類がお好みですか？」

「果物をたくさん使ったケーキでしょうか……それから、お早くお召し物をお脱ぎになった方がいいですよ」

「それはまだ早すぎます！　嬉しいですが！」

「？　火傷が酷くなってしまいますので、早すぎるということはないと思いますけれど……」

何故か顔を真っ赤にして叫ぶシリウスに、マリアライトは不思議そうに首を傾げた。


そして、茶会後。城の図書室では菓子作りの本を読み漁るシリウスの姿があった。

「あんま聞きたくないけど一応聞くっすね。何調べてるんすか？」

「果実をたくさん使った結婚式用のケーキの作り方だが？」

「ちょっと疲れてるみたいなんで、寝た方がいいんじゃないっすかね」

どうしてレイブンがそんな気の毒そうな顔をしているのか、シリウスには理解出来なかった。

◆　◆　◆

マリアライトがセラエノを訪れてから一週間経つ。その頃になると生活にも慣れ始めていた。

昼夜問わず空がずっと真っ暗なので不思議な感覚が続いていたが、三日過ぎると気にならなくなった。外にも中にも光の球が浮かんでいるので、暗くて困るということもない。

そして、植物が普通にすくすく育っている。大抵の植物は日光がなければ育つことが出来ない。そのせいか、夜の時間帯や分厚い雲で太陽が覆い隠されている時は、マリアライトの聖力を使っても育ちが悪かった。

だがセラエノは、このような環境下でも農作業や生花業が盛んであるらしい。他国から食料を輸入しているということもなかった。

シリウスが殺されかけた反乱が鎮圧されたのは、発生から二ヶ月後。

そんな短期間で解決出来たことにも驚いたものの、帝都への被害が全く見られないことが不思議だった。

もしかしてわざと反乱を起こさせたのかもと、レイブンはうんざりとした面持ちで言っていた。

真実がどうあれ、何の罪もない民が戦火に焼かれるようなことがなかったのはよかったと、マリアライトは思う。

平和が戻っていなければ、きっとシリウスもマリアライトをこの国に連れ帰ることはしなかっただろう。

「マリアライト様、大事なお話があります」

そして、そのシリウスが真剣な顔をしてマリアライトと向き合っている。

メイドが美味しい紅茶とクッキーを用意してくれたのに、彼はそれらに手を付けずにマリアライトをじっと見詰めている。

やがて二人きりで話したいことがあると言って、メイドたちを部屋から出した。

何だか覚えのあるシチュエーションだと思ったら、ローファスとの最後の茶会と雰囲気が似ているのだ。

三度目。という言葉が一瞬だけマリアライトの脳裏をちらついたが、何故かすぐに泡のように消えてしまった。

それはきっと、シリウスの声が硬質でありながら、優しさを含んでいるからだろう。

「あの……ですね」

「はい」

「俺の心臓が爆発しそうです」

「あら……」

自らの左胸を押さえ、切々とした表情で告げられた内容は重量感があった。魔族特有の病にでもかかってしまったのだろうか。

こうして茶会を楽しむ余裕などあるのだろうかとマリアライトが案じていると、シリウスはとくとくと語り続けた。

「セラエノに来てからというものの、マリアライト様は愛らしさが増しています。それを見ていると……なんかもう胸のときめきが止まりません」

「私が原因ということは、重いご病気ではないのですね。よかった……」

「レイブンから何故か頭の病気を疑われたので医官に診てもらいましたが、特に異常はないとのことでした」

やはりそのような病が存在するのかもしれない。マリアライトが真面目に疑っていると、シリウスは深く息を吐いた。

「とにかくマリアライト様は以前にも増して可憐になられました。俺のような男からの言葉で幸せそうに笑うことが多くなったかと思います」

「それは本当ですか？」

「はい！　いつまでも抱き締めていたくなるような可愛さです！」

「きっと陛下のおかげですね」

「は……は？」

シリウスの相槌が打たれることはなかった。突然話題に父親が登場したことに、思考が追いついていないようだ。

シリウスの戸惑いに気付かないまま、マリアライトは緩やかに微笑んでいる。

「陛下が私に魔法の呪文をかけてくださったのです」

「……魔法ですか？」

「はい。初めてお会いした時に」

あの御方には本当に感謝しているのだ。

彼と二人きりで言葉を交わした時のことを思い返していると、シリウスの瞳が少しずつ赤くなっていた。

「シリウス？　目が赤くなっているようですが……」

「その魔法の呪文とやらの効果はどのようなものでしたか？」

感情の籠《こも》っていない、冷たい金属を彷彿とさせるような声だった。風が吹いていないのに食器がカタカタと揺れている。花瓶に活けていた花が急速に萎れていく。

シリウスの周囲では赤い火花が散っていた。

「陛下はシリウス様を真に愛することが出来ると仰っておりました」

何だか花火のようで綺麗だ。そう思いながらマリアライトが答えると、火花が掌サイズの火球となって爆ぜた。

「……あの男に裁きを下さなければなりません」

「シリウス様？」

「いいですか、マリアライト様！　確かに俺はあなたが俺を愛してくださることを望んでいます！　ですが、誰かに強制されたり偽りの心を植え付けられるなど……！」

「いいえ、そのようなことではないのです」

ウラノメトリアがかけてくれた魔法の呪文は、彼が思っているような邪悪なものではないのだ。

「陛下は『私の息子はそなたを心から愛している。そのことをもっと自覚するように』と仰いました」

「……それだけですか？」

「はい、それだけです」

シリウスの周囲に浮かんでいた火球が消え、彼の瞳も翡翠色に戻る。

彼は自分のために怒ってくれていたのだ。その考えにようやく至り、マリアライトはおかしさと嬉しさで小さな笑い声を漏らした。

「あなたを一人の男性として愛せるか不安だった私の心を、陛下は見抜いていました。その上で、アドバイスしてくださったのです」

「そういう……ことですか」

ホッと安堵したシリウスに、マリアライトは眉をほんの少し下げて微笑んだ。

「シリウス様としては物足りないかもしれませんね」

「そのようなことはありません。あなたからどう思われようと、俺はあなたを愛して守り続けると決めていますから」

「……ありがとう。あのですね、シリウス様から愛されていると考えるようになってから、心がふわふわして温かくて、『ああ、幸せだな』と思えることが多くなって……シリウス様？」

神妙な面持ちで話を聞いていたシリウスが両手で顔を覆い隠している。髪の隙間から見える耳や首は真っ赤に染まっていた。

まるで恥じらう乙女のような光景にマリアライトが首を傾げていると、蚊の鳴くような声が聞こえて来た。

「あなたのことを世界で一番幸せにしてみせます……」

◆　◆　◆

「……マリアライト、そなたに魔法の呪文をかけてやろう」

珍しく不安な表情を見せるマリアライトに、魔族の皇帝が人差し指をピンと立てる。

「これでそなたは、シリウスの愛を信じることが出来るはずだ。よいか、皇族の中には稀ではあるが、シリウスのように身体の成長が遅い者がいる。彼らはある条件を満たせば、瞬く間に成長するのだ」

「条件……？」

「生涯を共にしたい相手と出会うことだ。その相手を守りたいと強く願った時、成長が始まる」

その言葉にマリアライトが目を丸くする。そんな彼女にウラノメトリアは、優しげな笑みを浮かべた。

「尤もシリウスは、そなたが育てた果実のおかげだと思っているようだがな。このことは私とそなたとの秘密だぞ」

「はい、秘密です」

いつもの調子を取り戻したマリアライトは、朗らかに微笑みながらそう返事をした。

閑話　その頃の王太子

この日のために大がかりな準備を行った。

ダンスホールを改装し、他国で名を馳せている料理人や音楽隊も呼び寄せた。

料理に使われる食材も最高級品ばかり。王族ですら普段口に出来ないものばかりをふんだんに取り揃えている。

そして、夜空には純白の満月がその姿を雲で隠すことなく浮かんでいた。

最高のダンスパーティーだと、ローファスは満足げに微笑んでいた。

「今宵はどうか楽しんでもらいたい」

ダンスホールの中央でそう告げると、ドレスに身を包んだ女性たちは優雅に微笑みながら頭を下げた。

パーティーに招いたのは女のみだったが、数人ほど男が混ざっている。訊けば彼女たちの執事であるらしい。

余計な異物だとローファスは微かな苛立ちを覚えたものの、ここで目くじらを立てて追い出してしまえば場の空気を乱してしまうかもしれない。

それに彼らは野蛮な平民や頭の悪い兵士とは違い、自らの立場を弁《わきま》えて行動が出来る生き物だ。不愉快と感じる場面は少ないだろう。

「殿下、今宵はパーティーにお招きくださいましてありがとうございます」

「君も来てくれたのか、リーザ。こちらこそ礼を言うよ。そのドレスもよく似合っている」

「まあ、嬉しいお言葉ですわ。こちらは母が選んでくれたドレスなのです」

興奮や緊張を表に出すことなく、物静かな雰囲気を崩そうとせずに高貴な笑みを湛える姿は、他の令嬢とは明らかに大きな差異がある。

淡い青色のマーメイドドレスは彼女の知的さを引き立てており、宝石を使った髪飾りはシャンデリアの光を反射して星のような輝きを放っていた。

レイフォード公爵の一人娘であるリーザだ。温厚な性格で勉学に励んでおり、芸術にも精通している才女とされている。

また、彼女の家は王族に次ぐ権力を持つ。レイフォード公爵は厳格でありながら、常に『弱者のために』という思想を掲げる人格者だ。

爵位の高い一族にしては珍しく私欲に溺れず、不正や悪事を強く嫌悪する。一部の者たちはその在り方を快く思わないが、平民からの信頼は厚い。

王族としては何としてでも自らの懐に置いておきたいと考えている。

レイフォード公との友好をアピールすることで平民からの好感度を集める目的もあるが、有能な人間が敵に回った時ほど厄介なことはないのだ。

「ここだけの話だがね……」

ローファスはリーザの耳元に唇を寄せた。周囲がこちらに視線を向けているが、気付かない振りをして意図的に低く甘い声を出す。

「私は君がやって来るのを今か今かと待ち侘びていたんだよ」

お世辞ではない本音だった。自国のみならず他国の貴族の娘も集めさせたが、正式に王太子妃にするのであればリーザ一択だとローファスは考えていた。

顔だけで選ぶな。それが父である国王陛下から告げられた言葉だった。

そこはローファスも承知している。

不要になったとはいえ、聖女との婚約を破棄したのだ。そうするだけの価値がある、マリアライトよりも王太子妃に相応しいと思える女性を選ばなければならない。

リーザはその条件を見事に満たしている。平民から高い支持を得ている貴族の令嬢であれば納得することだろう。

「……殿下、小耳に挟んだのですが、今回パーティーを開いた目的は新たな婚約者探しというのはまことでしょうか?」

さりげなくローファスから距離を取りつつ、リーザが訊ねた。

「どこでそのような噂を?」

「それは殿下が一番ご存知ではありませんか?」

ローファスはその指摘に返答せず、口元に弧を描くだけだった。

噂を流させたのは他でもないローファス自身だ。

その甲斐あって皆、王太子に気に入られようと並々ならぬ熱意を秘めてパーティーに出席している。

美女たちが自分を取り合って熾烈な争いを繰り広げる。その中にローファスを心から愛する者がどの程度いるかは不明だが、殆どが王太子妃の椅子目当てであるのは分かり切っている。

自分に媚び諂う理由などどうでもいい。リーザを妃として、他に好みの女性がいれば愛妾にしてしまえばいい。ローファスはそう考えていた。

「彼女たちには悪いが、私は君こそが未来の王妃に相応しいと考えているよ」

人払いを済ませたバルコニーにリーザを連れ出し、自分の思いを告げると彼女は「ありがとうございます」と頬を綻ばせた。大袈裟な反応はせず、静かに喜び感謝する。

まるでマリアライトのようだ。

「………………」

ローファスは一瞬でもかつての婚約者を脳裏に浮かべた自身に驚いた。聖女であると判明してすぐに王宮に連れて来られて、ローファスの未来の妻となった女。

歳が離れすぎていると思ったが、国王は聖女を妃にすることを望んでいたし、顔もそれなりによかった。

それに何でも言うことを聞く従順そうな性格だったので、ローファスも気に入っていたが、次第に不快感を抱くようになっていた。

彼女はいつも穏やかな笑みを浮かべていたが、心の中では年下の自分を見下しているのではと思うようになったのだ。

それに式を挙げるまでは、同衾《どうきん》してはならないという決まりもローファスを苛つかせた。いくら見た目がよくても歳を重ねれば肌も老いる。そんな女と子を作らなければならない。そんなのはごめんだった。

「未来の王妃……ですか。私には勿体ないお話でございます」

「謙遜しなくていい。王宮でも君がいいのではという声は多い。それは君も薄々気付いていたはずだ」

「私にはマリアライト様の代わりなんて務まりませんわ」

月明かりに照らされたリーザの横顔は、感情を削ぎ落としたように見える。美しいと思えるのに、どこか不気味だった。

「……私はマリアライトの代わりだと思っていない。もうこの国に聖女は要らなくなったんだ」

「ええ……そうでしたわね。魔導具さえあれば聖女様のお力をお借りする場面はなくなるでしょう」

魔導具。それは予想以上に人々の暮らしに変化を与えた。

魔石と呼ばれる結晶をあらゆる道具に埋め込む。たったそれだけで燃料を使わずに火を起こしたり、大量の水を生み出したり、様々な動力源にもなる。植物を急速に成長させることも出来る。

これなら魔法を自在に操る魔族国家とも堂々と渡り合えるはずだ。

そして魔導具のおかげで、ローファスはマリアライトを捨てることが出来たのだ。リーザが思い悩む必要はない。

「自信を持つんだ、リーザ」

「少し考えさせてください。それと他の方々ともお話がしたいので、そろそろ失礼いたします」

「あ、ああ。……今の話は本当だ。前向きに考えてみて欲しい」

「はい。ところで殿下にお伝えしたいことが一つ」

「何だ？」

予想とは裏腹にすぐに頷いてくれなかったことに焦れつつ、ローファスが訊ねるとリーザは唇だけで笑みを作った。

「あまり女性を甘く見ない方がよろしいかと」

「誤解だ。私は君をそのように見ているわけではないんだ」

「……私だけのお話ではありませんよ。では、また後ほどお話しいたしましょうね」

美しい笑みを顔に張り付けてリーザが去っていく。

公爵の娘といえども、自分よりも二歳年下の娘の言葉に、ローファスは何故か背筋の震えを感じていた。

◆　◆　◆

ピシア国はかつて輝かしい栄誉と富を築き上げた『元』軍事国家だった。

最新鋭の武器が開発されたわけでも、有能な軍師や将軍がいたわけでもない。

この国が他国を圧倒したのは恐ろしいまでの生命力を有した兵士たちだった。どんなに激しい攻撃を受けても、致命傷を負わされても、翌日には何事もなかったかのように戦闘に参加しているのだ。

自身の槍で心臓を貫いたはずの、投石で吹き飛ばしたはずの兵士を見かけたという話はいくつも存在する。

どんなに倒しても倒しても、蘇る不死身の兵士。本来であればピシアよりも有利だったとされる軍は疲弊し、やがて敗北を余儀なくされた。

戦争で勝ち続けることによってピシアは勢力を強め、ついには最強の国とまで称されていた。

しかし、それは二十年ほどの短い期間だった。その後、ピシアは一気に弱体化していくことになる。

更に国の森林や農業地帯は敵国によって焼き尽くされ、荒れ果てた大地が広がる結果となった。

深刻な環境被害にピシアは頭を悩ませていたが、五年前に一人の女性が現れたことによってその問題は解決された。

その女性はマリアライトという聖女だった。

◆　◆　◆

「ローファス殿下、レイフォード公より書状が届いております」

「何だ、意外と早かったじゃないか」

ピシアの現王太子であるローファスは読みかけの書物を閉じた。レイフォード公爵の娘であるリーザへ送った書状の返事だろうが、僅か数日で来るとは思っていなかった。

ダンスパーティーに参加してくれたことへの礼と、リーザを新たな婚約者として迎えたいという文。その内容にすぐに飛びついたということは、向こうもこの展開を望んでいたようだ。

ローファスは口元を吊り上げながら、早く書状を見せるようにと文官に命じる。

「は、はい……」

だが、文官の顔には陰りが差しており、書状も彼の手に握られたままだ。

先に中身を確認しているだろう彼の様子に、ローファスは小さな不安を覚える。

まさか断られたのかと、一瞬でも嫌な考えがよぎる。それは有り得ないことだった。向こうから名乗り出たわけではない。

王太子自らがリーザを選んだのだ。拒絶する理由など……。

「見せろと言っている！」

逡巡している文官に声を荒らげ、強引に書状を奪う。緊張で手が震えて、上手く紙を広げることが出来ない。

文官は現実から目を逸らすように、大理石の床に視線を落としていた。

「この文字……リーザのものか？」

レイフォード公爵ではなく、彼女自身が綴った言葉。短く簡潔に纏められた文章に目を通していたローファスの目が、次第に見開かれていく。

震えが手だけではなく、膝にまで来ている。力を込めなければ、その場に崩れ落ちてしまうところだった。

いい返事に決まっているというローファスの予想は、最悪の形で裏切られた。

◆　◆　◆

「これはどういうことだ、ローファス。この場で説明せよ。今すぐにな」

ピシアの国王は怒り、落胆、悲しみ、困惑、様々な思いが綯い混ぜになった表情を浮かべていた。その原因であるローファスもまた同じような面差しだった。

実の父からの詰問など無意味だ。返答するための情報をまだ何一つ得られていないのだから。

だが、このまま黙っているわけにもいかない。

ローファスは上手く働かない脳をフル回転し、どうにか言葉を絞り出した。

「わ、私もこの事態は想定外でした。まさかリーザがこんなことを……」

「……それだけではなかろう」

老いて尚、鋭利な光を宿し続ける眼差しを向けられ、ローファスは怯えた動物のように体を揺らした。王太子を庇おうとする家臣はこの場に誰一人としていない。

ある者は不安げに親子のやり取りを見守り続け、ある者は今回の『騒動』の行き着く先を予想しながら眉根を寄せていた。

　リーザは王太子からの縁談を拒否した事実を包み隠さず公表するのだという。

『このような国の王太子妃の椅子に座るつもりは毛頭ない』と強い言葉と共に。

「王太子妃になることに明確な嫌悪を示しておる。更にそのことを公にするという。よほどの理由があると思うのだが……ローファス、何か心当たりはないか？」

　叱責する時のような声音で息子に問いかける。こちら側に非があること前提で話を進めようとしているのだ。

　国民から絶大な支持を誇る大貴族の娘が、このような行動を起こした。それは国にとって見逃せる事態ではない。

　それはローファスも理解している。

　そして、リーザのやり方に激しい苛立ちと怒りを覚えていた。

　清廉潔白であると知られるレイフォード公。その血を引く者に拒絶された王太子。国民がローファスにどのような視線を向けるのかは容易に想像がつく。

　あの女がここまで陰湿だと思わなかった。悔しさで奥歯を噛み締める息子に、国王は眉間に指を当てながら首を横に振る。

「……恐らくは聖女マリアライトとの婚約破棄が不信感を生んだのであろうな」

「は……？　何故です。リーザとマリアライトは関係がありません」

「馬鹿者。歳を理由に女を捨てた奴の妃になど誰がなりたいと思うか。それも私との謁見すら許さず、餞別《せんべつ》もろくに渡さずに城から追い出したそうではないか」

「で、ですが、あれはもう二十七歳だったわけで……というより、彼女も納得していましたし」

「ピシアに尽くし続けた聖女ですら、そのような扱いを受けたのだ。リーザには、そのことが我慢ならなかったのであろうな」

乾いた笑みを漏らし言葉を発する国王だったが、その声はローファスには届いていない。頭の中が真っ白になり、何も考えることが出来なくなっていたのだ。

◆　◆　◆

この後、ローファスは有力な貴族の娘たちに縁談の話を持ちかけるが、何と全員に断られる結果となった。

リーザのせいだとローファスは憤ったものの、レイフォード公と同等の力を持つ公爵家の令嬢からこう言われた。

「殿下はご自分がどのように思われているのか、ご存知ではないのでしょうか」

「どういう意味だ！」

扇で口元を隠しながら呆れたように吐息を漏らす彼女を睨み付ける。

こんなはずではなかった。

マリアライトを手放し、自由の身となったところに多くの美女が群がる。

その中から自分が気に入った女を選ぶ楽しさを味わう。そんな未来が叶わぬ夢想となり、現実に押し潰されていく。

苛立ちで顔を歪めるローファスを警戒し、彼の従者が宥《なだ》めようと動く。ここで感情に任せて令嬢に危害を加えれば、ますます評判が悪くなるからだ。

「殿下がダンスパーティーの開催を思い付かれた時期と、マリアライト様との婚約を破棄された時期。ほぼ同時期であることを私たちは早い段階で存じておりました」

「な、なんでそれを……」

「口の軽い配下がいらっしゃるようですね。お金を支払うだけで簡単に話してくださいました」

「嘘だ、何かの間違いだ。それもリーザが……」

「この国を救ってくださった聖女様をご自分の都合でお捨てになった殿下。そんな方が開催されるパーティーに喜んで足を運ぶ女性がいるとお思いでしたか？　あんなもの、義務として参加しただけですわ」

その嘲笑混じりの言葉にローファスは息を呑む。

『あまり女性を甘く見ない方がよろしいかと』

月光の下で言葉を紡ぐリーザの姿が脳裏に蘇る。微笑を浮かべる彼女はまるで悪魔のようだった。

第三話　紅猫令嬢

聖女としての力に目覚める前から植物を育てるのは好きだった。

たっぷりの愛情を注いでいれば育つわけでもなくて、与える水や肥料の量も考えなくてはならない。無事に花を咲かせてくれた時の感動や達成感は、言葉で言い表せるものではなかった。

世話が難しいとされる花をうっかり枯らしてしまった時もあったが、その失敗を教訓にして再び挑戦した。

一風変わった見た目の植物の株を買い、両親や婚約者から少し引かれたこともある。

だからこそ、人間の国では発見されていない植物がセラエノにたくさん存在すると知った時、マリアライトは子供のように目を輝かせた。

是非育ててみたい。シリウスに可能かどうか訊ねてみると、何故か驚いた表情をされてしまった。

「申し訳ありません、難しいのであれば……」

「いえ、それ自体は全く問題がないのですが、今はその必要はないのではないでしょうか？」

シリウスの声には困惑の色が混ざっていた。自分がいるから、そんなものに現《うつつ》を抜かすなということだろうか。

必要がない、と言われればそうかもしれない。趣味の一つを失ったとしても生きてはいけるのだから。

　けれど、シリウスはそのようなことを言う人物ではないはずだ。マリアライトが発言の意図を読み解こうとしていると、シリウスが何かに気付いたようで目を見開いた。

「……ああ、そうか。人間の国ではそれが当たり前でしたね」

　小声で呟きを漏らしたかと思えば、マリアライトに「俺こそ申し訳ありませんでした」と頭を下げようとするのでやんわりと止めた。

「ひょっとして……こちらの国だとガーデニングはあまり一般的ではないでしょうか？」

「仰る通りです。国が違えば、風習や文化も異なります。そのことをすっかり失念して、あのような発言をしてしまいました」

「やっぱりそうだったのですね」

　セラエノだと植物の栽培は、完全に仕事の括《くく》りに入っているらしい。

　栽培自体は国が成り立つ以前から行われていたものの、その大半が食用で観賞用を育てるという概念がなかった。楽しむためではなく、生きるために生産していたのだ。

　建国後間もない頃は、どの家庭でも菜園が作られていた。

　だが暮らしが豊かになり、食料の供給が安定するとそれらは不要とされる。

　今でも菜園を持つ家は少なくないが、あくまで食費を減らすためで『趣味』の一環としてではなかった。

　純粋に見て楽しむ植物の栽培が始まった時も、好き好んで自分で育てるという者はごく僅かだったという。

「マリアライト様が庭で果実や花を育てていたのも、俺を養うためだと思っていました」

「確かにそれが一番の目的ではありましたけれど……」

「なので食べる物に困らない今の生活になったのに何故？　と疑問だったんです。観賞用の花も店で購入して花瓶に飾るのが一般的かと」

そういえばと、マリアライトは数日前の記憶を思い返した。

◆　◆　◆

多くの護衛兵付きで帝都の街を案内してもらったのだ。

この時の案内主はレイブンだった。本当はシリウスが行く気満々だったのだが、文官から相談を受けた書類の件が中々解決せず長期戦に突入したのだ。

兵士の予定もあるので簡単に延期にするわけにはいかない。

そこでシリウスは、レイブンに頼むことにしたのである。本人は微妙そうな顔をしていたが、ステーキ食べ放題に釣られて張り切って引き受けてくれた。

ずっと夜が続いていることと、人々の外見が少し異なる以外は、人間の国と大差ない平和な街並み。

レイブンに案内されながらの帝都散策は楽しいものだった。まるでいつまでも終わらない夜の祭りの中にいるかのようで。

　けれど、どの民家の庭でも観賞用の植物は植えられておらず、花壇は見掛けることすらなかった。

「そのようなことでしたら、ガーデニングは控えた方がいいかもしれませんね」

「いえ、あくまで必要がないというだけで、忌避しているわけではないんです。今、そのための場所もご用意しますので」

「今……？」

「はい！　お任せください！」

　きょとんとしたマリアライトを連れてシリウスがやって来たのは、宮廷の西側で佇む小さな建物だった。ここもやはり黒い材質で作られている。

　その周囲では雑草が元気いっぱいに生い茂り、人の気配も感じられない。主に見捨てられてしまった建築物なのか、寂寥感を纏《まと》っていた。

「ここは第五皇子が所有していた貯蔵庫です。あの兄は財宝コレクターで各地から集めたり、無理矢理買い取ったりしたアイテムをこの中に納めていました。毒で暗殺された後は中身を全て取り出され、現在は空の状態です」

「ご立派な建物ですねぇ……」

「はい。いつまでも放置しておくのは、資材が勿体ないので撤去します。父上から命じられていたのでちょうどよかった」

シリウスが懐から取り出した乳白色の小瓶の蓋を開ける。すると、貯蔵庫全体がゼリーのようにぶよぶよと震え出した。

やがてそれは溶解し黒い液体となって、音を一切立てることなく小瓶の中へと吸い込まれていく。

十秒ほど前まで貯蔵庫が聳《そび》え立っていた場所には、平らな更地が広がっているのみだった。

「さあ、どうぞお使いくださいマリアライト様」

「……ありがとうございます！」

ダイナミック撤去作業だった気がするのだが、マリアライトはあまり深く考えず喜ぶことにした。

「へぇ～、それでこの場所を丸ごと貰ったんすか」

「建物の撤去方法がとってもユニークだったのです。シリウス様が小瓶の蓋を開けたら、ふよふよと震え出して溶けて中に吸い込まれていきました」

少し引き気味のレイブンに昨日の出来事を話しながら、マリアライトはシャベルで貯蔵庫跡地の土を掘っていた。彼女のためにシリウスが喜んで用意した淡い常盤色のドレスではなく、庭師が身に着けるような作業着姿で。

どこか儚げな雰囲気を漂わせる彼女には正直似合わない格好だ。

マリアライトの様子が気になるようで、物陰から見詰めているのは城のメイドたちだ。皆、好奇心と困惑の籠った眼差しを向けている。

当の本人は生き生きとした表情で作業を続けている。

朗らかで優しい笑顔ばかり見せている印象があったが、こんな風に活発的な一面があったなんて、レイブンにとっては意外だった。

「純粋に趣味として植物を育てるのは久しぶりなので、とても楽しいです」

「人間って変わってるっすねぇ。世話の仕方一つ間違っただけであっという間に枯れちゃうもんを好き好んで育てるなんて、俺にはちょっと理解出来ないっす」

「シリウス様も驚かれていたようです。それでも、戸惑いながらも許可を与えてくださいました」

「そりゃ、あんたが喜ぶことなら何だってするって決めてますからね……」

それに皇太子妃候補の望みを叶えないわけにはいかない。それが聖女であるなら尚更である。

「ただ翡翠の聖女が植物育てるのが大好きっていうのは、何だかしっくり来るっすね」

「レイブン様、それに関してお聞きしたいことがあるのですが、他にはどのような聖女様がいらっしゃるのでしょう？」

「炎の聖力を持つのは紅玉の聖女、氷の聖力を持つのは藍玉の聖女、治癒の聖力を持つのは月長の聖女って感じで結構いるっす」

「どれも初めて聞くお名前ばかりですね……」

「人間たちはレシュムヌの書を知らないっすからね。しゃーないっす」

「？」

マリアライトがそれについても質問しようとしていると、遠くから一人の兵士が走って来た。

「聖女様、お持ちいたしました！　こちらが『種』となります！」

声を張り上げて叫びながら、大事そうに宝石が鏤められた箱を持っている。その兵士はマリアライトの前に膝をつくと、彼女に向かって箱を差し出した。

マリアライトは何のことか分からず、首を傾げた。

「こちらは……？」

「トパジオスの種でございます。シリウス殿下からお話を伺っておりませんか？」

「セラエノでは植物の栽培を始める際、最初に必ずトパジオスという種を植えるとお聞きしていましたが……」

まさかこんな豪華な箱に入った状態で持って来られるとは予想していなかった。兵士に礼を言って箱を受け取り、早速開けてみる。

すると中には柔らかそうなクッションが敷かれており、その上に茶色い種らしき物体が鎮座していた。

それを物珍しげに眺めつつ、マリアライトはシリウスから聞いた話を思い返していた。

トパジオスとは、元々は原初の時代に存在していた翡翠の聖女の名である。

このトパジオスの周囲で他の植物を育てるらしいが、成長を妨げてしまわないかとマリアライトは気になった。しかし、実際は邪魔をするどころか成長を促進させる力を持っているのだとか。

そのために聖女の加護が宿っているとされ、彼女の名が付けられたそうだ。

「どんなお花が咲くのかしら……」

「人それぞれっすね。このトパジオスってのは種を植えた者によって形状が異なるんす。強気な性格の奴なら大きくて真っ赤な花、ネガティブな性格なら小さくて青い花だとか……マリアライトさんは可愛いピンク色の花辺りっすかね」

「どうでしょう？　では早速植えてみますね」

掘ったばかりの穴に種を入れ、また土を被せていく。

種が埋まっている場所に手を翳して祈りを捧げると、すぐに緑色の芽がひょっこりと姿を見せた。

レイブンだけではなく、種を持って来た兵士やこっそり覗いていたメイドたちもそっと見守っている。

聖女の力を注ぎ込まれた芽は急激に成長していた。一メートルはあるだろう巨大な蕾《つぼみ》が出来上がる。どうやら赤い花のようだが……。

「待って待って！　なんかおかしくね⁉」

異常を感じたのはレイブンだけではなかった。兵士とメイドも困惑の表情を浮かべている。

可憐で小さな花を咲かせるどころか、巨大になっている。そんなトパジオスをのほほんと眺めているのはマリアライトだった。

「シリウス様が突然大きくなられたことを思い出しますねぇ」

「可愛いとは真逆の方向性に突き進んでるっすよ？」

「立派に成長してくれるならそれでいいではありませんか」

そして、ついにトパジオスが開花した。

鮮やかな深紅の花びら。そこまではまだいい。問題は花の中央だった。

本来、めしべがあるはずの部分に厳つい顔をした男が生えていた。

「キャー！」

メイドが叫んだ。

正確に言えば、男の形をしためしべだった。だが、異様にデカい。成人男性くらいのサイズである。男は厳つい鎧を纏っており、剣のようなものを握っていた。

悪夢のような光景だった。

「まあ……とってもかっこいい！」

「「「ひぇぇぇ……」」」

その禍々しい光景にはしゃぐのはマリアライトだけで、他の者は彼女とトパジオスを交互に見ながら怯える。

「これ、何かの間違いじゃないっすか⁉」

レイブンが引き攣った顔で叫ぶ。興奮で肌の血色がよくなったマリアライトとは違い、こちらは青ざめていた。

「え……？」

「だって花っぽくないし、二、三人殺ってそうっすよ。こんなもんの周りで花とか育てんの嫌じゃないっすか？」

「守護者の風格を感じられて素敵です」

ここで育てたのなら、何があってもこのトパジオスが守ってくれそうだ。植物の天敵・害虫を斬り裂いてくれるだろう。マリアライトがそんな期待を抱いている時だった。

「きゃあああっ！」

メイドの一人が絹を引き裂くような悲鳴を上げる。トパジオスから生えている騎士が剣を持っていない方の手を、マリアライトに伸ばそうとしているのだ。

レイブンが素早くマリアライトを抱き抱えようとするが、彼女は臆することなく自分から騎士に駆け寄った。

危害を加えたいわけではなく、何かを伝えようとしているとすぐに感じたからだ。

トパジオスが手をそっとマリアライトに差し出し、動きを止める。

「もしかして……よろしくってことかしら？」

マリアライトの問いかけに、騎士が肯定するかのように首を上下に振った。どうやら人の言葉が分かるようだ。生後数分程度なのに頭がいい。

謎の友情を感じて、マリアライトは騎士の手を両手で優しく握った。これから彼とは長い付き合いとなるだろう。そう思えるほど、この植物に愛着を抱きつつあった。

「こちらこそよろしくお願いしますね。ええと……素敵なお名前をつけてあげますから、少し待ってください」

名前を付けるのは苦手なので、後で図書室から本を借りよう。

そう思っていると、自分の影が僅かに揺れていることに気付いた。

その直後、影の中から銀髪の美青年が姿を見せた。兵士とメイドが慌てて頭を下げる。

「シリウス様？　今、不思議なところから出てきたような……」

「俺の魔力は闇との親和性も高いので、このように影と影との行き来も可能です。そんなことよりも何かありましたか？　何か妙な気配を感じたので、慌ててやって来たのですが」

「はいシリウス様、こちらを見てください。新しいお友達が出来ました」

満面の笑みを浮かべるマリアライトの後ろで、騎士がピースサインを決めた。意外と陽気な性格だった。

それを見たシリウスはすぐに口を開こうとはせず、真顔のままトパジオスを凝視している。

もしかしたら何か問題があるのだろうかと、マリアライトは悲しくなった。今すぐに枯らすか燃やした方がいいと言われたら……。

「……どうやら上手くいったようで何よりです」

しかし、ようやく言葉を発したシリウスは満足げに微笑んでいた。

「お渡ししたトパジオスの種に、俺の魔力を注いでおきました。俺がいない時でもマリアライト様の庭園をお守りするためです。そこにマリアライト様の聖力も注がれた結果、このような姿となり、知能を有したようです」

「そういうことだったのですか……」

あの宝石を飾り付けた箱の中に種が入っていたのも、シリウス自らが手を加えたからだったのだろう。

自分たちの力が宿った植物を見上げると、赤い手でマリアライトの頭を優しく撫でてくれた。

「この子にぴったりなお名前を付けてあげたいのですが、よろしいでしょうか？」

「全く問題ありません。何と言っても俺とマリアライト様の愛の結晶ですから。きっとあなたとよく似た清らかな心の持ち主に育つでしょう。成長が楽しみです。これから毎日日記をつけましょう。日記そのものは既にマリアライト様日記があるんですが、それとは別にノートを用意します。育児日記のようで胸の高鳴りと興奮が止まりません。ちなみにマリアライト様日記は初めてお会いした時まで記憶を遡《さかのぼ》って書いているので、現在は四冊目に突入し……」

長々と語るシリウスはテンションが上がっているようで、瞳の色が血のように赤く染まっている。よく見ると、トパジオスの花と同じ色だ。彼の魔力を宿している影響かもしれない。

つまり、彼の子供のような存在と捉えるべきなのかも。マリアライトが剣の素振りを行っている騎士を眺めていると、夜闇の向こうから一羽の鳥が飛んで来た。レイブンの頭に止まり、カーカーと鳴いている。

聞いていたレイブンの眉間に皺が数本刻まれていく。

「うへー……マジっすか。来るとは思ってたけど、こんなに早く？」

「どうした、レイブン」

主の問いかけに、レイブンは大きく溜め息をついてからこの世の終わりのような顔で答えた。

「シリウス様にお客様っす。エレスチャル公のご令嬢」

その名を耳にした途端、シリウスの表情が凍り付いた。周囲にいたメイドたちや兵士もさっと顔色を変え、何故か一斉にマリアライトに視線を向ける。

「……私に関係する御方ですか？」

「いえ、そういうわけではないのですが……向こうはそのつもりかもしれませんが……俺はマリアライト様にはあんな者と関わって欲しくなく……」

シリウスに聞いても煮え切らない物言いを繰り返すばかりで、よく分からない。

見兼ねたレイブンが代わりに教えてくれた。

「この国で一番迷惑な魔族ナンバーワン、関わりたくない魔族ナンバーワン、親が育て方を間違えた魔族ナンバーワンの三冠女王に上り詰めた御方っすね」

こちらはこちらで直球すぎる物言いだった。

◆　◆　◆

「わざわざ茶会を中止してまで来てあげたのよ？　早く済ませたいんだから、今すぐ星竜殿下に会わせてくれないかしら」

正門に真っ赤に塗られた馬車が停まっており、乗車していた一人の女性が苛立った様子で門番に要求している。

　側に佇んでいる老年の執事もそれを止めようとせず、騒ぎを聞き付けた兵士たちに眉を顰めながら文句を撒き散らしていた。

「こんなところで何分待たせるつもりだ！　お嬢様はご多忙の身なのだぞ！　これ以上待たせるようであれば、お嬢様への侮辱と見なすぞ！」

「お、落ち着いてください！　陛下のご許可なしに城内にお入れするわけにはいきません！」

「あんな男の許可など必要あるか！　……お嬢様、下賤な輩どもの言葉に耳を傾ける必要などございませんぞ！」

「ええ、そうね。こちらから会いに行った方が早いわ」

　兵士たちによる必死の制止を無視して、女性とその執事が勝手に歩き出す。が、すぐに足を止めた。

　二人の前方に目当ての人物が立っていたからだ。

　セラエノ次期皇帝であるシリウス。

　その周囲では大勢の護衛兵が剣呑な面持ちで二人を睨み付けている。有事の時はすぐにでも剣を抜く、とでも言うように。

　そして、シリウス自身も相手を射殺《いころ》すような眼差しを向けている。

　だが、女性は怯むどころか、獰猛な肉食獣のような目で『彼』を見詰め、舌なめずりをした。

「あんなに可愛い坊やだったのに、噂通り素敵なお姿に成長されたのね。いいわねぇ……絶対に欲しいわ」

エレスチャル公爵の令嬢、コーネリアは毒を含んだ笑みを浮かべた。

◆　◆　◆

望んだことは全て叶え、欲しいものは全て手に入れる。それによって誰が不幸になったとしても、自分が満足いく結果となったのなら後はどうでもいい。

そんな歪んだ思考を持つが故に、周囲からは恐れられている。それがコーネリアという女性だ。どうしてそんな我儘が通用しているのかと言えば、大体彼女の父親のせいだった。

エレスチャル公爵は数百年生きる長命の魔族だ。政治、軍事の双方ともに長けており、セラエノの発展にも大きく貢献した。なので、彼の手腕を評価する声は多いが、大きな欠点があった。

それはとんでもない子煩悩という点だった。目に入れても痛くないほどに可愛い娘のためなら何でもする。ちょっと後ろめたいことでもする。むしろ得意分野ですらある。

その父親の背中を見て育ったコーネリアがこのように育ってしまったのは、当然と言えるかもしれない。

更に彼女は火の魔法を得意としており、その実力は国一番とも噂されている。そのことがコーネリアを増長させる一因となった。彼女を止められる者は誰もいない。唯一止められそうな実父は悪い意味で親馬鹿だ。

そして、不名誉なランキングで三冠女王となったコーネリアが現在強く欲しているものが二つ存在する。

皇太子シリウスと、皇太子妃の座だった。

「既にお相手いますよ？」なんてツッコミなど邪悪令嬢の耳に届くはずがない。

「要するにコーネリア嬢にしてみれば、あんたは横からシリウス様を掻《か》っ攫《さら》ったライバルってわけっすよ」

「何だか大変なのですねぇ……」

自室でゆっくり紅茶を飲みながら、マリアライトはレイブンから説明を受けていた。コーネリアが来ていると知ったシリウスがやけに怖い顔をしていたが、まさかそんな人物だとは想像もしていなかった。

「シリウス様が皇太子に選ばれた直後から、ずーっと自分が婚約者になる！　って言い張ってて、その度にシリウス様は断っていたんすよ。あの人って権力で解決しようとする人がすごい大嫌いだから。陛下もコーネリア嬢を妃に迎えたら国民からの反感がヤバそうだったんで、息子の婚約者にはしませんよーって書状送ったんすけどね。無理でしたわ」

「まあ……」

マリアライトは口元を押さえた。ショックを受けたのではない。昔流行っていた小説に出てくるような令嬢が実在していた事実に感動を覚えていたからだ。

ピシアでも大物の貴族を親に持つ令嬢がたくさんいたが、皆礼節を重んじる女性ばかりだった。

特にレイフォード公の娘であるリーゼは、父によく似た真面目で気品のある人物だったらしい。

なので架空の存在だと思っていた、性格に難ありの令嬢がとにかく気になる。会ってみたい。

「シリウス様も言ってたけど、マリアライトさんはあんなのと会わない方がいいっすよ。異国の聖女を婚約者にしたって公表したから流石に諦めると思ったのに、鼻息荒くして乗り込んで来たんすから」

「……そうですか」

もしかしたら、その情報がコーネリアの耳に入っていなかっただけなのでは？　とマリアライトは疑問に思った。だってそうでなければ、既に相手のいる男性に求婚するはずがない。

ローファスだって新しい婚約者を探す前に、マリアライトとの婚約を破棄したのだ。

「そういえば、ちゃんとお相手を見付けることが出来たのでしょうか……？」

「ん？　何の話っすか？」

「すみません、こちらのお話です。シリウス様は今、そのコーネリア様とお話をされているのですね」

「納得してくれるか微妙っすけどねー……って、あ、きたきた」

窓辺に止まった烏がレイブンを呼ぶように鳴いている。

「はい、はい……うん……まあ、そりゃそうなるか……」

どうやって言葉を理解しているのか、烏の鳴き声を聞きながらレイブンが何度も頷く。ちょっと可愛い。烏はよく見ると目がくりくりしていて愛嬌があるのだ。マリアライトは紅茶を楽しみながらのんびり眺めていたのだが、やがて鳥がどこかに飛び去って行った。

マリアライトへ振り向いたレイブンが安堵で頬を緩めている。

「やったー！　帰ってくれたみたいっす！」

「え？　もう帰られたのですか？」

「白熱しすぎて火の玉やら電撃やらが飛び交って、最終的にシャンデリアがテーブルに落下したところで向こうも納得したみたいっすね」

それは最早話し合いなんて生易しいレベルではなく、乱闘の域に達していた。二、三人怪我人が出ていそうだが、レイブンの反応を見るに日常茶飯事なのかもしれない。

いやーよかったと、いつになく爽やかな笑みを浮かべているレイブン。だが、マリアライトはコーネリアに会ってみたかったと密かに残念がっていた。

「そんじゃ、俺はシリウス様に直接話聞きに行ってくるんで……」

異変は突然起きた。部屋の外が騒がしいのだ。「やめてください！」「お待ちください！」と制止の声が繰り返し聞こえてくる。やめてくれないし、待ってくれないようだ。

「……マリアライトさんはここで待っててくださいね」

険しい顔をしたレイブンが部屋のドアを開けようとした時だった。外側からドアが勢いよく開き、扉がレイブンに激突した。

「レイブン様！」

その場に崩れ落ちたレイブンにマリアライトが駆け寄ろうとするより先に、部屋に一人の人物が入って来た。

苛烈な炎を彷彿とさせる赤色の長髪。強い意志を宿した灰色の双眸。華奢な体を包む紅蓮のドレス。

美しいながらも、どこか近寄りがたい雰囲気を纏う女性がマリアライトを見るなり鼻を鳴らした。

「あなたがシリウス殿下の寵愛を受けているとかいう聖女？　何よ、ただの芋女じゃないの。殿下も趣味が悪いこと」

初対面で罵倒されている。しかし、マリアライトはそれどころではなかった。

女性の頭には髪と同じ色をした猫の耳が生えていたのである。

「私の名はコーネリア。エレスチャル公の一人娘であり、この国の皇太子妃に相応しい女よ。あなたのように聖女というだけで、他には何の取り柄もなさそうな芋女と違ってね」

「…………」

「ふふ、驚いて声も出せないようね。自分よりもずっと美しい者が現れたことで、殿下からの寵愛を失うと焦っているのかしら？　哀れな女ね。このまま上手くいけば、あなたが妃になれ……ちょっとあなた聞いてるの？」

いくら煽《あお》りまくっても一言も言葉を発しようとしない聖女に、コーネリアが焦れて声を荒らげた。

マリアライトはコーネリアの耳を凝視していた。しかも、薄青の瞳を宝石のように輝かせて。

勿論、コーネリアの話など全く聞いていない。

「い、てて……」

顰め面になりながらレイブンが起き上がる。そして、マリアライトと対峙している美女を見て仰天した。

「ギャアアア！　コーネリア嬢が出た！」

気持ち悪い虫を見付けた時と酷似した反応だったが、それでもノーリアクションのマリアライトよりはマシだと判断したのだろう。他者を見下すような表情を装備したコーネリアが甲高い笑い声を上げた。

「あーら、あなたはシリウス殿下の周りをうろちょろしている烏じゃない。この聖女の護衛を任されたの？」

「ちょっと待って！　なんであんたがこんなところにいるんすか⁉」

「決まってるじゃない。この女の顔が見てみたいと思ったのよ。そもそも、今日やって来たのもそのため。なのに殿下ったら『貴様に会わせるつもりはない』の一点張りなんだもの。私に丸焼きにされると思ったのかしらね」

コーネリアが妖艶に微笑みながら、掌から赤い炎を出した。灰色の瞳に殺気を宿す。部屋に入ろうとした兵士たちの動きを止めるにはそれだけで十分だった。レイブンも迂闊に動けばまずいと、その場で留まったままだ。

「雑魚は雑魚らしくそこで大人しくしていなさい。私はこの聖女とじっくり話がしたいんだから

「……」

　コーネリアはそう言って再びマリアライトへ向き直った。

「あなたがコーネリア様……！」

　ようやく言葉を発したかと思えば、マリアライトは笑顔でコーネリアを見ていた。自分の結婚相手を奪おうとしている相手への反応ではない。

　だが、彼女にとってコーネリアは今一番会いたい人物だった。それも向こうからやって来てくれたのである。テンションも鰻登《うなぎのぼ》りだ。

「え、ええ……そうよ」

　思っていた反応とは違うが、とりあえず認識はされたので一歩前進した。コーネリアがマリアライトに掌の炎を近付けながら口を開く。

「エレスチャル公の一人娘で、この国の皇太子妃に最も相応しい女よ」

　そして、先程はスルーされた口上を再度声高らかに言う。一番聞いて欲しい部分だった。

「どう？　私の姿を見て怖気付いてしまったんじゃないかしら？」

「怖気付く……」

　だが、それで恐れ慄くマリアライトではなかった。何のことだと目を丸くしている。

　頭の猫耳からつま先まで。じっくりとコーネリアを観察してから再度口を開いた。

「とっても綺麗で可愛らしいと思います」

「……ハァッ!?」

コーネリアの余裕が再度追い剥ぎにあった。白い頬が林檎色に染まる。

「あんた何馬鹿なこと言ってんの？　この炎が見えないの⁉」

「はい、綺麗な炎ですねぇ」

「それ以外の感想は⁉」

「それ以外……ええと……？」

「あなたの方が美しく可愛らしいですよ、マリアライト様」

甘く艶のある声色がマリアライトの耳元で囁く。

いつの間にかマリアライトの背後に立っていた青年が、右手から紫色の電撃を放った。コーネリアに向けて、一切の躊躇もなく。魔力全開で。

コーネリアもそれを間一髪のところで避ける。代わりに椅子が電撃を喰らい、一瞬で黒炭となった。

「ご無事のようで何よりです」

安堵の溜め息を漏らしながらシリウスがマリアライトを後ろから抱き締めようとするが、空振りに終わった。突如マリアライトがその場にしゃがみ込んだからだ。抱擁が失敗してバランスを崩しかけたシリウスだったが、すぐに体勢を整えた。

そして、怒気を滲ませた眼光をコーネリアに突き付ける。

「これはどういうことだ、コーネリア」

「何ってご挨拶よ、ご挨拶。人間の国から連れて来られた翡翠の聖女。果たして殿下の妃に相応しいのか、この目で確かめたかったのよ。それなのに、頑なに会わせてくれないんだもの」

「当然だ。貴様のような悍《おぞ》ましい女とマリアライト様を同じ空間に置くわけにはいかないだろう」

「随分な言い方ね。そんな女が本当に妃に相応しいと思っているのかしら。身の危険を全然感じていないのかと思ったら、あなたが来た途端ようやく実感したみたいで腰抜かしちゃって……」

瞬間、シリウスの双眸が血の赤に染まった。異変はそれだけではない。室内に無数の球電が出現し、紫電を迸らせている。

対するコーネリアも涼しい表情で、自らの周囲に煌々とした火球を作り上げていく。

優雅で華やかだった室内はものの数分で戦場と化した。泥沼とかそういう次元を遥かに超えていた。誰か一人くらい死なないと収拾がつかなそうな雰囲気すら漂っている。

レイブンは廊下の外に避難し、兵士たちと共に修羅場の行く末を見守っていた。

「シリウス様、せめてマリアライトさんをこっちに寄越して！　あんたの側にいたら巻き添え喰らっちゃうでしょ⁉」

「それには及ばない。マリアライト様にとって一番安心出来る場所は俺の側だ」

「一番危ねえっす！」

仮にシリウスの言葉が真実だとしても、例外という単語が存在する。それが今まさにこの時だ。

「うわ……気持ち悪……」

ぼそっと呟いたのはまさかのコーネリアだった。一分一秒でもマリアライトにくっついていたいと欲望が駄々漏れの男に、本気の嫌悪感を示している。破滅的に難ありな性格であっても、感性はまともだった。

　だったら諦めてさっさと帰ってくんねえかなと廊下の観客は願っているのだが、これと結婚しなければ皇太子妃になれないのだ。コーネリアとしてもここで引き下がるわけにはいかなかった。

「で、殿下、いくらあなたがその聖女を妃にしたくても、私が認めなければ無理よ」

「……何だと？」

「あら、そういえば教えるのを忘れていたわね。いいこと、私は……」

　コーネリアの話を無視してマリアライトが立ち上がった。この状況をあまり気にしていないのか、のほほんとした様子でコーネリアへ接近していった。

　想定外の行動を見せた聖女にシリウスが「マリアライト様！」と声を上げ、コーネリアは反射的に後ずさりをした。

「な、何よ……」

「こちらはコーネリア様の物ではないでしょうか？」

　そう言ってマリアライトが差し出したのは、チェーン部分が切れたネックレスだった。灰色の宝石がそのセンターを飾っている。

　コーネリアは反射的に自らの胸元に手を当てた。先程、シリウスの電撃を避けた拍子に外れてしまったのだろう。

　戸惑う彼女の目を見詰めてマリアライトが言う。

「コーネリア様の瞳と同じ綺麗な色をしています」

「綺麗⁉」

コーネリアは猫耳をピンッと立てた。その光景にレイブンだけではなく、シリウスさえも奇異の視線を向ける。聖女様すげぇ、と誰かが呟く声が聞こえた。

「お……覚えていなさい！　翡翠の聖女！　あんたを『戦乙女の決闘』で叩きのめしてセラエノから追い出してやるんだから‼」

マリアライトに指を指して宣言するも、それは弱者を弄ぶ強者というより敗走直前の小悪党による捨て台詞のようだった。

周辺に浮かんでいた火球がコーネリアへと群がり、巨大な火柱と化す。

炎ごと消え去ったコーネリアに、マリアライトは困った表情を浮かべていた。

ネックレスを受け取る前にコーネリアが帰宅してしまったのだ。

◆　◆　◆

セラエノ一の有名人と言っても過言ではないエレスチャル公爵家の屋敷は、帝都の西方に聳《そび》え立っている。魔族らしく黒一色の外壁で、民からも「見づらい」と時々苦情が入るセラエノ城とは違い、こちらは鮮やかな赤色で統一されている。

壁だけではなく柱や屋根、正門まで赤い。こちらはこちらで「目が痛い」、「視覚を狙った暴力行為」と密かに囁かれているが、本人たちの耳に入ることを恐れ、直接文句を言う勇者は未だに現れていない。

ルビーやガーネットなど赤い宝石を鏤《ちりば》められた無駄に豪勢な扉の前では、屋敷中の使用人が待機していた。

公爵の可愛い可愛い一人娘が外出から帰ってきた時は、全員で出迎える。この屋敷に敷かれているルールの一つだ。ルールを破ればその者は即座にクビを言い渡され、不快にさせた慰謝料としてこれまでに支払われていた給金の全額返還を命じられる。

セラエノにも過去に暴君と称された皇帝が存在し、それと対等に渡り合えるレベルの理不尽さだが、その分給金は破格の金額だ。そのため、全てを失う覚悟で屋敷で働きたいと申し出る者も少なくはなかった。

「馬車が来た……お嬢様のお戻りですよ」

メイドの一人が固い口調で告げると、皆の表情が強張った。出迎えも細心の注意を払わなければならない。少しでもコーネリアの機嫌を損ねれば、それだけで給金の五割がカットされる。

まるで執行を待つ死刑囚のような面持ちで使用人が待つ中、馬車が正門を抜けて屋敷の前に停まった。扉が開き、まず最初に側近の執事が降りる。続いて彼に支えられて降りた赤髪の美女に、全員が頭を下げようと動き始める。

「ああ、もう……腹が立つわ……‼」

猫耳をぴんと立てて怒りを露にしている主に、周囲の気温が二、三度上昇した。感情の昂りで暴走した魔力が熱風に変換され、体外に放出されているのだ。

この世で一番怒らせてはならない人物が、帰って来た時点で怒髪天を衝いている。まさかの異常事態に使用人たちは狼狽えたが、決して顔に出してはならないと平静を保つ。ここで火に油を注ぐような真似をすれば、給金カットどころの話ではない。

「お、おかえりなさいませ、お嬢様」

命懸けのお出迎えである。メイド長が最初に頭を下げると、他の者も頭を下げた。

「……ただいま」

「……お、お嬢様、今何と？」

「だからただいまって言ってるじゃないの。何よ、文句あるの？」

鋭く睨み付けられ、メイド長は「滅相もございません！」と高速で首を振った。

しかし、動揺したのはメイド長だけではなかった。後ろに下がっていた執事ですら言葉を失っている。

普段ならばご機嫌取りのため、必死に頭を下げる使用人たちを鼻で笑い、無言で屋敷へ入るコーネリアが。

少しでも不満点があれば顔を歪め、炎を纏《まと》った平手打ちを喰らわせるコーネリアが。

「ただいま」と言った。皇太子の婚約者に喧嘩を売りに行ったはずなのに、何故か少しまともになって帰ってきた。

「翡翠の聖女様とはお会い出来たのでしょう？　いかがでした？」

先に馬車で待機していたため、何も知らない執事はなるべく穏やか声で訊ねた。機嫌が最高潮に悪い主の神経をあまり逆撫でる真似はしたくないのだが、後にエレスチャル公爵に報告する任があるのだ。可能であれば、この時点で詳細を知っておきたい。

「とんでもなかったわよ。あんな頭が悪くて何も考えていない女は初めて」

「ほお、そんな人間めを殿下はお見初めになったと？」

「……あいつもあいつで、なんかヤバそうだったけど。あんなに気持ち悪い性格だったかしら」

「はい？」

「何でもないわ。それより、『戦乙女の決闘』の手配は済んでいる？」

コーネリアからの問いに、執事はにんまりと微笑んで「当然でございます」と答えた。

セラエノでは皇太子殿下が婚約する際、その相手が妃に相応しいかを見極める『審判の女神』という役職が存在する。その名の通り女性のみが就くことが出来るのだが、コーネリアが見事就任することとなった。

と言っても、競争率は非常に低い。殿下が選んだ相手に「何だこいつ」といちゃもんを付けるのが仕事のようなものだ。

通常は高位貴族の夫人から選ばれるのだが、恐れ多すぎて誰もやりたがらない。更にエレスチャル公爵が色々と手を回した結果、コーネリアにあっさり決まってしまった。

水面下で密かに進められていた計画だったため、シリウスも知らずにいたようだ。コーネリアが僅かにヒントを与えたので、彼ならば今頃勘付いていそうだが。

そして、審判の女神によって婚約者が妃の器ではないと判断されると、『戦乙女の決闘』が発生する。婚約者と審判の女神となった女性が文字通り決闘を行うのだ。

婚約者が勝てば皇太子との結婚が認められるが、審判の女神側が勝利した場合、婚約は破棄となる。現皇帝ウラノメトリアの正妻であったヴェラ妃も、結婚前に戦乙女の決闘を申し込まれた経験を持つ。その際は相手を完膚なきまで叩きのめしたようだが。

しかしマリアライトは、聖女というだけでただの人間だ。コーネリアに到底敵うはずがない。

「ふふ……人間であっても聖女であっても、女神による裁決は公平に行われる。この国の妃には強い女が選ばれるべきよ」

「そうでございますな、お嬢様。では、一刻も早く決闘を申し込むために書状を送りましょう」

「ええ。あのお花畑の聖女がしっかり怖がってくれるような文章を長々と……」

そこでコーネリアは言葉を止めた。

どうしよう。そんな表情で固まっている主に、執事が恐る恐る声をかける。

「お、お嬢様……？」

「参ったわね。一つ大きな問題があるわ」

「と、言いますと？」

「マリアライト《あのおんな》を怖がらせる方法が本気で分からないんだけど」

額に手を当てながらコーネリアは深く溜め息をついた。頭の猫耳もぺたんと垂れてしまっている。

「あんな目に遭ったのに、全然怯えてなかったあいつに精神的ダメージを与える方法が思い付かない……何を送っても『すごいですねぇ』の一言で済まされる予感しかしない……」

「お嬢様に脅迫されて屈しなかった者はおりません。自信を持ってください」

「あんたはあの場にいなかったから、そんな呑気なことが言えるのよ……って、あぁっ⁉」

言葉の途中でコーネリアが自らの胸元を確認して声を上げる。

あの忌まわしい女からペンダントを取り返すのを忘れていた。

「馬車を出してちょうだい！　もう一度セラエノ城に行くわよ！」

「い、いかがされたのです⁉」

「あんた私を見て分からないの⁉　マリアライトにあのペンダントを取られたままなのよ！」

他のアクセサリーならいくらでもくれてやる。どれも安物ばかりだ。

けれど、あれだけは絶対に取り返さなければ。飲みかけの紅茶を残してコーネリアは屋敷を飛び出した。

◆　◆　◆

やはり、そう来たかとシリウスは書類に目を通しながらこめかみを押さえた。

『審判の女神』を未婚の女性が担うなど異例中の異例だ。それも皇太子妃になるのは自分だと主張している女。質の悪い宣戦布告だ。コーネリアの邪悪な笑い声が聞こえてくるようである。

エレスチャル公の娘だけあってやり口が汚い。

だが、更に理解出来ないのがそれを皇帝ウラノメトリアがあっさりと承諾した点だった。青ざめた文官が馬鹿親子の蛮行を知らせに来たのに、「皆が嫌がる役目を引き受けてくれるなど、素晴らしい慈愛の心の持ち主だな」と平和なコメントが返って来たらしい。

耄碌《もうろく》したんだろうなとシリウスはその話を聞いて思った。皇帝といえども老化には勝てない。先帝も晩年は朝食を食べて十分後には、食事はまだかと催促するという奇行に走っていた。出されたら出されたで普通に完食するので、料理が無駄にならずに済んでいたようだが。

戦闘経験の一切ないマリアライトが魔族と決闘。大蛇に蛙を向かわせるようなものだ。

「……殺すぞ」

マリアライトを蛙に例えてしまった自身に殺意を抱いていると、目の前で顔面蒼白になっている文官が立ち尽くしていた。突然皇太子から殺害予告された彼の心境は語るまでもない。

「……すまない、お前のことではない」

「は、はい……」

思考の海に浸っていたせいで、部下の存在に気付けずにいた。もう一度「本当にすまなかった」と謝ってから用件を聞くと、文官がハッとした表情をしてから「コーネリア様が……」と口を開く。今日はもう聞きたくない名前の登場に、シリウスの表情が「無」と化した。

「もう一度マリアライト様にお会いしたいと仰っております。いかがいたしましょうか?」

「明日に出直して来いと言っておけ」

一日に三回もあの顔を見るのは体力を使う。どうせマリアライトに言い忘れた罵倒を浴びせに来たのだろう。

シリウスは人差し指で宙に素早く丸を描き、その中に紋を描いた。防壁魔法の陣だ。陣、または詠唱を使った魔法は魔力を多く消費する分、効力も強い。

コーネリアの魔力に反応して彼女だけを拒む不可視の壁。本音を言うなら直接出向いて追い払いたいが、ひとたびコーネリアの顔を見たら最後。マリアライトの可愛さで鎮火しかけた怒りが再び燃え上がる自信があった。

それにあの女には、こちらの方が肉体的にも精神的にもダメージが大きいはずだ。


「ああもう、殿下ったら面倒臭い魔法をかけるなんて……！」

「だ、大丈夫ですか、お嬢様!?　一旦引き返した方がよろしいかと……」

「はぁぁぁ？　ここまで来たら絶対にあの女からペンダントを取り返さないと、こんなに無理してる意味がなくなるでしょうが！」

全身が鉛のように重く、肌の表面に電流が絶えず流れているような痛み。しかも魔法を使おうとすれば、頭が割れるような激痛が走る。

後ろを歩く執事は何ともない様子を見ると、自分にだけ防壁魔法が発動しているらしい。恐らくシリウスの手によるものだ。

実際に対峙して分かったが、彼の魔力量はコーネリアと同等かそれ以上だった。流石は皇族とコーネリアは皮肉げな笑みを浮かべた。そのせいでこんな盗人のような真似を働くことになってしまったのだ。

入城が許されなかったコーネリアは一度目と同様に強行突破を目論んだが、それを予見したかのように城全体に張り巡らされた魔法が彼女を苦しめた。防壁魔法を解除するためには術者を攻撃するか、防壁を力ずくで破壊するかのどちらかだ。

当然壊すつもりだったのだが、何度試みても失敗に終わった。「絶対に入って来させない」というシリウスの強すぎる意志を感じる。

だがコーネリアも引き下がれない。それに魔法そのものの解除は出来なくても、一瞬だけ穴を開けられる。そこで警備が比較的手薄な裏門を狙い、穴が閉じ切る前に防壁の中へ飛び込んだのだ。

シリウスの魔法は壁内に侵入したコーネリアを決して許そうとせず、絶え間ない苦痛を与え続けている。

おまけに魔法まで使えない。そこで何の影響も受けていない執事に命じて自分たちの姿を透化する魔法をかけさせたが、気配を消せるほどの効果までは望めない。

雑魚兵士の目は欺けているようだが、いつまでも持つか。城の敷地内に入れたものの、問題は城内に忍び込んだ後のことだ。マリアライトの傍らにシリウスが付いている可能性がある。

「……っ！」

うっすらと自分の体が見え始めていることに気付き、コーネリアは焦りを含んだ声音で執事に罵倒を浴びせた。

「もっとちゃんと魔法をかけなさいよ！」

「も、申し訳ありませんお嬢様。ですが、魔力の消費が激しい魔法でして……」

背後から苦しそうな執事の声が聞こえる。だがそれは、コーネリアの苛立ちを増幅させるだけだった。

「この程度で疲れるなんて、いくら何でも貧弱すぎるわよ。それでよく私に仕えていられるわね」

「……申し訳ありません」

「謝れば済む問題じゃないの。誰のおかげで威張り散らせると思っているのかしら？　私のおかげよ、私の！　そうじゃなかったら、あんたはどこにでもいる老《お》い耄《ぼ》れ」

「…………」

「もういいわ。屋敷に戻ったら、お父様にあんたがどれだけ無能なのか伝えておくから。クビになりたくなかったら、土下座でもして……」

鬱憤晴らしも兼ねて、心ない言葉ばかりをつらつらと並べていたコーネリアの表情が強張る。

後ろにいたはずの執事の気配が消えていたのだ。

「ちょ、ちょっと、どこに行ったのよ……」

コーネリアの声に揺らぎが生じる。彼が離れてしまえば透化の魔法も切れてしまう。

今、この状況下で一人になってしまえば……。

「ちょっと怒られた程度で拗《す》ねて、主の呼び掛けに無視するなんてかっこ悪いわよ。もうあんたなんて即刻クビにして……ねえ！　返事しなさいってば！」

何度叫んでも声が返って来ないばかりか、コーネリアの体は色を取り戻しつつあった。しかも、運が悪いことに兵士たちが談笑しながらこちらに向かってきていた。

このままでは気付かれる。それだけならまだいいが、今のコーネリアは無力に等しい。部下に見捨てられ、自分なんかよりも弱い兵士たちに捕らえられる。そんな惨めな目に遭う未来がすぐ側まで近付きつつあった。

これまでに感じたことのない悔しさと恐怖で唇が震え、無意識に声が漏れる。

「た、助けて、おか――」

その刹那、誰かに背後から腕を掴まれた。誰なのか確認するより先に、不自然な場所に植えられている木の陰へ引き摺り込まれる。

「まーたエレスチャル公の娘が殴り込みに来たらしいぞ」

「マジか。マリアライト様も災難だな。ピシアでも酷い目に遭ってたらしいのに、こっちに来たらコーネリア嬢に目を付けられるなんて」

二人組の兵士が通り過ぎていくのを、息を殺しながら静かに待つ。その張本人がすぐ近くにいるのに気付こうともしない。彼らの声と足音が遠ざかっていくのを確認しながら、コーネリアは困惑の表情を浮かべた。

「またお会い出来て嬉しいです、コーネリア様！」

自分を窮地から救ってくれたのがマリアライトだったからだ。

「ありがとう、おかげで隠れることが出来ました」

礼を言いながらマリアライトが幹に触れると、木は光の粒子となって消えた。聖女の力で急成長させていたらしい。

コーネリアはその光景を見て顔を歪めた。苛立ちと安堵と困惑が複雑に入り混じる。

「あ、あんた、どういうつもりよ……」

木を消したマリアライトがくるりと振り向く。薄青の双眸には悪意が一欠片も存在しておらず澄んでいた。セラエノ以外で見られる空は青いと聞く。この国から出たことのないコーネリアは目にしたことがないが、恐らくこのような色をしているのだろう。

「兵士の方々に見付かってしまうのを恐れていたようだったので、匿わなきゃと思ったのですけれど……」

「恐れていた？　そんなわけないじゃない」

「猫耳がぺたんと垂れていましたよ」

「た、垂れてない！」

指摘されてコーネリアは頭部の耳を両手で隠した。その顔は赤く染まっている。

よりによってこの女に弱みを握られてしまった。どうしてマリアライトが警護も付けずに一人で歩いているのか分からないが、大声を上げて助けを呼ばれたら先程の兵士たちが戻って来るだ

ろう。

　今のコーネリアはマリアライトに生殺与奪を握られている状態だった。それでも媚びることだけはしたくなくて、目を吊り上げて睨む。

「……あ！　そうでした。コーネリア様、こちらを」

　マリアライトが差し出した掌の上では、灰色の石で飾られたペンダントが控えめな輝きを宿していた。

「それ……！」

　反射的に手を伸ばそうとして、けれどすんでのところで引っ込めた。どうして？　という顔をされるが、こっちがしたいくらいだとコーネリアは声を荒らげたくなった。

「……見返りは何？」

「はい？」

「とぼけないで。こうやって私に恩を売り付けて、殿下との結婚を認めてもらおうとしてる？　それとも、他に欲しい物があるとか？」

「欲しい物……色んな植物の種でしょうか。これからガーデニングを始めたいと思いますので」

　そんなもの、あの色ボケ殿下に頼めばいくらでも用意してもらえる。というか、ガーデニングなんて貧乏人がするようなことをするとは、将来妃になる者としての自覚が足りないのでは。

「人間の国では、植物を育てることを趣味にしている方がたくさんいらっしゃいます。私もそうなのですよ」

「ふ、ふーん……」

思っていることを見透かされているような言葉に、思わず頷いてしまった。まずい、とコーネリアは危機感を覚える。他人に会話の主導権を握られたことのない彼女にとっては未知の事態だ。どうにか自分のペースを取り戻そうと、電流の痛みを堪えながら笑みを浮かべる。

「でも、もうすぐで自分の国に帰ることになるのよ。植物の栽培なんてそこでも出来るんじゃないの？　この私があんたを決闘で叩きのめして、この国から追い出してやるんだから」

「決闘……私とコーネリア様がですか？」

「私は殿下とあんたの結婚なんて認めない。それを理由に決闘を行うことが出来るのよ。あんたが私に勝てたら認めてあげてもいいけど……無理な話よねぇ？」

「では今から体を鍛えようと思います！」

「え？」

どうせ怯えた表情を見せると思ったのに、マリアライトは目を輝かせながら両手でガッツポーズを決めた。恐怖を一切抱いていないどころか、勝つ気でいる。漲《みなぎ》る闘魂を感じてコーネリアは上擦った声を発した。

泣いて謝れば、無傷でセラエノから追放するだけで済ませてやるつもりだったのに。

「あんた正気？　私の魔法を見たでしょう⁉　私に勝てるわけないじゃない！」

「戦ってみなければ勝敗は分からないと、私が大好きだった小説にも書いてありました」

「小説は小説、現実は現実！　それに私はあんたを……それなりに痛めつけるつもりなのよ！

怪我だってするの！　聖女だからってちやほやされてたあんたでも、痛い痛いって泣くような思いをするんだからね!?」

「痛いのはちょっとだけ嫌ですけど……シリウス様は私を幸せにすると仰ってくれました」

予想外の返答に驚いて言葉を捲し立てるコーネリアとは対照的に、マリアライトの声はとても静かで、厳かさを纏っていた。それはまるで彼女が出現させた大樹のように。

「私は私を愛してくださる方の側で幸せになりたいのです。ですからコーネリア様と戦えと命じられたのなら、それに従います」

「……あんたが二人目。私とやり合うことになっても、全然怯えた表情を見せなかったのは」

「最初の方はどなたなのですか？」

「シリウス殿下よ。なんか……もうくだらなくなって来たわ」

まともに戦い合えば間違いなくコーネリアが勝つことになる。だが、精神面ではどう足掻いてもこの人間に勝てないという確信があった。

中途半端に負かして殿下と結婚して、皇太子妃となる。目的こそ達成するものの、きっと死ぬまで悔しさを抱えて生きていく。

自分よりも寿命が短く非力な人間如きに、『心』で負けるのだ。いや、もうとっくに負けている。

「……帰るから、ペンダント返しなさいよ」

「はい、どうぞ」

ペンダントと引き換えに、決闘を止めさせる手もマリアライトにはあったのだ。けれど、彼女は笑顔で唯一にして最大のカードを手離した。

ようやく戻って来たペンダントを握り締め、コーネリアは目を伏せた。

「これ、お母様の形見なの」

「……そうですか。どこも傷付いていないようでよかったですね」

マリアライトの言葉に頷き、周囲に火の球を生み出す。いつの間にか防壁魔法が解除されていたようで、体は身軽になって魔力も使えるようになっていた。

あの執事は……まあ、放っておいていいだろう。二度とコーネリアの前に姿を現さない予感がする。

「ねえ、最後に一つ聞きたいんだけど」

「何でしょうか？」

「あんた、魔族の友達っているの？」

「いいえ、まだ……メイドさんや兵士の方々とお喋りをすることは多いですが」

「そう。可哀想な聖女様ね」

素っ気ない相槌を返し、コーネリアは火柱を纏って姿を消した。火の粉すら残さず去っていった令嬢に、マリアライトはよしと気合を入れるために拳を握る。

「まずは走り込みからね……！」

その様子を眺めていた一羽の烏が屋根から飛び立ち、執務室の窓に侵入する。それを歓迎するようにシリウスが腕を伸ばすと、烏はそこに下りて翼を畳んだ。嘴を指先で撫でてやると、烏は甘えるように手に顔を擂り寄せた。

「……マリアライト様」

コーネリアのことだ。防壁魔法の内部に侵入することは予想していたし、弱った状態で兵士に捕らえさせるつもりだったが、マリアライトが彼女を救ったのは想定外だった。

更に驚かせたのはコーネリアの戦意を完全に喪失させたことだった。レイブンが見たら仰天して白目を剥く光景だっただろう。

それに自分の「幸せにする」という言葉を信じて、戦おうとしてくれる彼女の言葉が嬉しかった。

彼女を幸福にすると言っておきながら、自分が幸せになってどうする。シリウスはそう思いつつも、頬が緩むのを抑えられなかった。

◆　◆　◆

その後、数日間は平和だった。

平穏が破られたのは五日後、決闘の旨が書かれた書状がエレスチャル公爵から送られて来たのだ。

セラエノ城に激震が走る。

「あーあ。なんか一番最悪なパターンに入っちゃったような……」

全文を読んだレイブンの頬は引き攣《つ》っていた。先に中身を読んだシリウスの顔が怖くて見ることが出来ない。

あの我儘お嬢様は完全にシリウスを敵に回してしまったのだ。

シリウス殿下と聖女マリアライトの婚姻を認めない。婚約を破棄させて、マリアライトを自分の召使いにする。

長々と書かれた文章を簡単に要約するとこんな感じである。

「どうするんすか、シリウス様」

「叩き潰す」

そして、コーネリアが指定した決闘相手はシリウスだった。

◆　◆　◆

コーネリアが戦乙女の決闘を発動させることは誰もが予想したことだった。コーネリアが勝利した場合、マリアライトを使用人として働かせることも、彼女の性格を考えればさほど不思議な話ではない。打ち負かした女を死ぬまで隷従させる。有り得そうな話だ。

ただし、対戦相手がシリウスになっている。シリウスもすぐに了承した。

「どうしてそんなことになったのやら」

「俺だって知りたいっすよ」

首を傾げる皇帝陛下にレイブンは真顔で現在の心境を述べた。

そもそも、ウラノメトリアが審判の女神にコーネリアが就くことを反対しなかったのが悪い。そんな思いを視線に込める息子の配下に返って来たのは、朗らかな笑顔だった。

「聖女なら、あの困った令嬢をどうにか出来るかもしれないと思ったのだ。他人を屈服させ、自分の思い通りに事を進めるのがコーネリア嬢のやり方。恐れ知らずのマリアライトなら彼女の天敵になり得ると確信していた」

「確かにまあ……そうっすけど」

相手の反応を見て楽しむ傾向がある人物にとって、何を言っても動じない、恐れないタイプは相性が悪い。現にコーネリアはマリアライトとの決闘を取り止めた。

しかし、相手を何故かシリウスにシフトさせただけである。

「まあ、よいではないか？　シリウスもこれで手っ取り早く解決出来ると申していたぞ」

「コーネリア嬢を叩き潰すって言ってたっすよ。皇子が公爵の娘に怪我をさせるのはよろしくないと思うんすけど」

「そこも考えているから安心しろ。皇太子との決闘を認める代わりに、特別なルールを設けることにした」

この展開を楽しんでいる節すら感じさせる笑みである。最初からこうなることを狙っていたのではと、レイブンは疑念を抱きそうになって頭を緩く振った。それはいくら何でも考えすぎだろう。

「それでルールってどういうのっすか？」

「当日のお楽しみというものだ。何、どちらも無傷で済むようにしてある」

「済めばいいんすけどね……」

大好きなマリアライトを奪われるかもしれない。その怒りで、殺意の波動に目覚めた皇太子の暴走を止められるルールであることを祈るばかりだ。

◆　◆　◆

そして、決闘当日。お供の鳥を引き連れ、早朝の走り込みで汗を流していたマリアライトはふと足を止めた。

「今日は朝から不思議な空気ねぇ……」

メイドたちが食事を用意してくれて、彼女たちと他愛のない会話をする。いつも通りのはずなのに、どうにも忙しなさを感じるのだ。

毎朝会いに来てくれるシリウスも今日はまだ見掛けていない。いつも、マリアライトが着替えと食事を済ませて落ち着いた頃合いを見計らったように姿を見せるはずなのだが。

「……何かあったのかしら」

コーネリアが言っていた決闘の話もまだ正式に決まっていない。シリウスは「決闘にあなたが出る必要はなくなりました。ご安心ください」と言っていたものの、いつ果たし状が来てもいいようにこうして体を鍛え続けている。おかげで以前よりも息切れしなくなって、体が軽くなった。

やっぱり決闘の申し込みが来ていて、抗議のためにコーネリアに会いに行ったのかもしれない。

その推理が当たっているとしたら、彼を止めなければならない。これはあくまでマリアライトが越えなければならない試練なのだから。

だが、マリアライトが城から一人で出ることは当然ながら禁じられている。

どうしよう。悩みながらもランニングを終えた後は、如雨露《じょうろ》片手に貯蔵庫跡地に向かう。トパジオスの花の中心から生えた騎士『たち』が手を振って出迎えてくれた。

昨日水やりに来てみるとトパジオスの花がもう一輪咲いていたのだ。

最初のものとほぼほぼ同じ見た目をしており、相違点と言えばこちらは花びらが青い。

そして例の如く中心から騎士が生えているのだが、こちらは剣ではなく、槍を所持していた。

水汲みの回数が増えたものの、運動になるとマリアライトは喜んでいた。

種を植えてから一ヶ月はトパジオスの根を土に浸透させる必要があるらしい。

その後で色々な植物を育てられるようになる。それまではこの子たちをたくさん可愛がってあげよう。

母のような気持ちに浸っていると、つま先に固いものが当たった。

「あら？」

花と花の間に何かが埋まっている。手で土を払ってみると、緑色の物体が見えた。かなりの大きさのようで、掘り返すことは難しい。

これもトパジオスの一部なのだろうか。まじまじと観察していた時だった。

「マリアライト様、まだこちらにいらっしゃったのですか？」

感情の籠っていない無機質な声がマリアライトを呼ぶ。振り返ってみると、茶髪の女性が立っていた。長すぎる前髪のせいで顔が見えないが、泥で汚れたドレスを纏っている。

「今すぐシリウス殿下の下に向かわれた方がよろしいかと」

◆　◆　◆

セラエノ帝都の東部にはドーム型の建造物がある。普段は式典の会場に使われているが、決闘場としても用いられ、大勢の観客を収容できるほどの規模を誇る。

その中には鼻の下に髭を生やした赤髪の中年の姿があった。

エレスチャル公ロシュベルである。セラエノの発展に尽力し、また娘の望みを叶えるためならどんな汚い手も行使してきた男だが、現在の彼は顔面蒼白で両手でハンカチを握り締めていた。

「コーネリア……どうしてだ……どうしてこんなことに……」

なんでうちの娘が皇太子殿下と決闘を……？

最初に聞いた時は「ははは、面白い冗談を言うものだ」と笑っていたが、あの頃が懐かしい。

流石に殿下と戦うのはまずいだろう。すぐに撤回させせようとしたが、シリウスから「喜んで了承する」と返事が来た時には目眩《めまい》を起こしかけた。

困惑しているのはエレスチャル公爵だけではない。他の観客も顔色を悪くしていたり、不安そうに表情を曇らせている。

その中にはレイブンの姿もあった。城から離れられないウラノメトリアの代わりに訪れたのだが、その手には薬の入った小瓶が握られている。胃薬だ。

「こんなことになってるだなんて、マリアライトさんには絶対に言えないっすわ……」

決闘場の中心には二人の人物が立っていた。

一人は人形のように美しい顔立ちを持つ銀髪の美青年。もう一人は猫耳を生やした赤色の髪の美女。

互いが互いを睨み付けている。彼らの放つ殺気に耐え切れず、恐怖に慄きながら会場から逃げ去る者も後を絶たない。

そして、白い光の膜が二人をそれぞれ包み込んでいた。

「……こんなもの、必要ないと俺は言ったのだが」

シリウスは不快そうに眉根を寄せながら、膜を手の甲で軽く叩いた。ウラノメトリアが施した強力な防壁魔法だ。

「ええ。相手の防壁を先に破壊した方が勝ちだなんて……陛下も甘いわね」

コーネリアも不機嫌そうに自らを覆う防壁を睨む。その様子を見て、シリウスが「一つ聞きたいことがある」と口を開いた。

「何故、マリアライト様を欲している？」

「別に欲しいわけじゃないわよ。あれを玩具にして遊びたいだけ。それに一度、星竜殿下と戦ってみたかったの」

「貴様にマリアライト様は渡さない」

「私に勝ったらマリアライト様との結婚を認めてあげるわ。皇族だからって手加減はしないから」

「こちらも容赦は一切しない。……俺はあの人を幸せにすると誓った」

「……あなた、随分と粘着質な男性だったのね。マリアライト様に愛想尽かされても知らないわよ」

「……黙れ、性悪女が。貴様などそろそろマリアライト様に嫌われるぞ」

おかしい。観客全員が思った。コーネリアが喧嘩を売る相手を完全に間違えているし、シリウスもそれを爆買いしている。

本来の目的から脱線して、マリアライトの取り合いに発展していた。

「先に言っておくぞ、コーネリア。せいぜい死なないように努力しろ」

シリウスがそう告げた直後、コーネリアの周辺に巨大な電流の渦が現れた。まるで蛇が蜷局《とぐろ》を巻くが如く彼女に巻き付いたかと思いきや、耳をつんざくような轟音が響き渡った。

決着がつく頃にはこのドーム崩壊してそう。観客全員が思った。

「コ、コーネリア！」

娘の名を叫びながらエレスチャル公が観客席から立ち上がる。身を乗り上げて下に降りようとするが、それを止めたのはレイブンだった。

「今降りたら巻き添え喰らうっすよ」

ただし、肩を叩いて忠告する程度で、その声は冷ややかだった。レイブンにとってエレスチャル公が二人の戦いに割り込んで怪我をしたとしても、これぽっちも胸が痛まないからだ。

「黙れ！　娘が殺されそうになっているのを黙って見ている親がどこにいるというのだ！」

目を吊り上げて怒鳴り声を上げる姿に、レイブンは肩を竦めた。

娘に正しい教育を施さず、とんでもない我儘な性格になった後も甘やかし続けていた男が、よくもまあ偉そうに。

「あんたみたいなオッサンが親を名乗らないで欲しいもんっすね……」

「何だとぉ!?　この私にそのような口を叩くなど不敬だぞ！　後で陛下に言い付けて牢獄にぶち込んでやる！」

「はいはい、お好きにどうぞ。それにあんたの娘がこの程度でやられるわけないじゃないっすか」

レイブンの言葉を証明するかのように、コーネリアを巻き付いていた電流が、内側から発生した洪水によって弾き飛ばされた。その中心から現れたコーネリアが不敵な笑みを浮かべ、掌から体が水で出来た狼を数頭召喚する。

主の敵の喉元を狙い、狼は一斉にシリウス目がけて飛びかかったが、彼の足元から生えた青々とした蔦が絡み付いてその動きを封じる。脱出しようともがくが、蔦に全身の水分を吸い尽くされて最後には消滅してしまった。

その様子を眺めていたシリウスの双眸《そうぼう》は血のように赤く染まっていた。

どちらの防壁も無傷のままだ。

「ふふっ、すごいわねぇ殿下。私も全力を出さなくちゃいけないかしら？」

「減らず口を叩いている暇があったら、戦いに集中しろ。油断していると防壁ごと消し飛ばされるぞ」

どちらも悪役が吐くような台詞である。特にシリウス。口では気を付けろ的なことを言いつつ、うっかり事故死を装う魂胆が透けて見える。

これはいけません。レイブンが慌てて叫んだ。

「シリウス様！　せいぜいかすり傷程度！　いいっすね⁉」

「レイブン、主の行いに口を挟むな」

「こんな時ばかり、主アピールすんな！　あーもー、コーネリア様をちょっとでも傷付けたらマリアライトさんに言い付けるっすよ？」

半ばキレ気味のレイブンがそう宣言すると、シリウスは険しい表情のまま、けれど肩をびくっと跳ねた。確実に効いている。

「こんなくっだらねぇ戦いで怪我をさせたって知ったら、いくらあの人でも怒ると思うっす！」

「…………おい、コーネリア。防壁が壊れたとしても、全力で避けろ。さもなくば、貴様に未来はないと思え」

「あーら、婚約者が怖いのね。ただヘラヘラ笑ってるだけじゃないの」

「コーネリア嬢も、殿下を怪我させたらマリアライトさんに無視されると思うんで、そこ覚えといてくださいよ」

「殿下、防壁が壊れたら、そこで戦いは終わらせてあげるわ。その顔に傷を付けるわけにはいかないもの」

　この場にいないマリアライトのおかげで、どうにか殺し合いルートは回避出来たっぽい。レイブンが安堵したところで、シリウスの頭上に黒い影が出現し、その中から紫色の電流を纏った竜が姿を見せた。

　コーネリアの足元にも同じように影が現れ、先程よりも数倍の大きさを持つ狼が跳躍した。その体は分厚い氷で包まれており、口元からは氷柱《つらら》で出来た牙がちらつく。

　二体の獣が咆哮を上げながらぶつかり合い、衝突の際に砕けた氷が観客席まで飛び散る。狼が龍の首に食らい付こうとしたが、巨大な翼によって薙ぎ払われた。

「…………っ」

　蠱惑《こわく》的な笑みを湛えていたコーネリアの体が僅かにふらつく。そのことに気付いたシリウスが口を開く。

「俺の挑発に乗って魔法を使いすぎたな。あれだけ乱発した後に召喚魔法を発動させれば、貴様も魔力切れを起こすか」

「……相手の心配をしている場合かしら。そんなの殿下も同じでしょう？」

「試してみるか？　俺は構わない」

煽るような問いに、コーネリアの目付きが変わる。それに対してシリウスは纏っていた殺気を霧散させ、穏やかな声音で言葉を続けた。

「これ以上続けても貴様に勝ち目はないぞ。諦めろ」

「嫌よ。私は負けることが大嫌いなの。欲しいものがある時は特にね」

「貴様が求めているのは皇太子妃の座か？　玩具か？　それとも……」

「お喋りが過ぎるわよ、殿下……！」

いつの間にかシリウスの背後に回り込んでいた狼が、防壁を突き破ろうと突進を仕掛ける。だが、氷の牙が届く寸前に夜空から降り注いだ氷柱が、氷の鎧を砕いて狼を貫く。小さく唸りながら消える狼を一瞥することなく、シリウスは深紅の双眸でコーネリアを見据えていた。

「たかが獣一匹を仕留める程度、口を動かしながらでも可能だ」

「まだよ……まだ……」

コーネリアが掌から火球を生み出そうとするが、形を作るどころか火を生むことすら儘ならない。焦りと魔力切れで唇から荒い呼吸が漏れる。

ついに地面に膝をついたコーネリアに、シリウスは瞼を閉じた。

「マリアライト様を振り向かせたいのなら、もう少し方法を考えろ。あの御方は貴様が一言、友人になりたいと言うだけで……」

「うるさい！　そんなの全然欲しくないわよっ‼」

悲鳴にも似た叫びが会場内に響き渡った。直後、シリウスの背後に控えていた竜が電撃を吐き出し、コーネリアの防壁を破壊した。

観客席から歓声が上がる。

「よっしゃ！　シリウス様の勝ちっすね！」

「ああ……コーネリア……」

「エレスチャル公、あんたはもう少し娘さんと話してみるべきっすよ。色々と」

落胆の色を見せるエレスチャル公にレイブンはそう告げてから観客席から飛び降り、会場から去ろうとするシリウスに駆け寄った。

「いや～、俺は信じてたっすよ！　シリウス様がコーネリア嬢をボコボコにするはずがないって」

「半分殺すつもりだったがな」

「うーわ……」

前言撤回。マリアライトが絡んだ時のシリウスは信用してはならない。

「でも、これで終わらせていいんすか？　コーネリア嬢にはもっとキツいお仕置きをしてもよかったと思うんすけど」

レイブンに聞かれ、シリウスは後ろを振り向く。そこには座り込んだまま項垂れる女がいた。

「……その必要はないだろう。行くぞ」

「はいは……」

大きな爆発音が会場内に響き渡った。地面の至る箇所から火柱が次々と上がる。

「コーネリア嬢!? まだやるのかよ……!」

「違う。レイブン、お前は観客を避難させろ」

「へ……?」

事態を飲み込めず、困惑しながら周囲を見回していたレイブンが見たもの。それは驚愕の表情を浮かべるコーネリアと、その傍らで嘲笑を浮かべる男の姿だった。

「殿下に喧嘩を売ってズタボロに負けて……情けないですねぇ、お嬢様」

かつて自分に仕えていた執事に見下ろされ、コーネリアは愕然とした。

「あんた……どうしてこんなところにいるのよ」

魔力切れのせいで全身が重く、立ち上がることが出来ない。コーネリアが睨み付けるように見上げると、執事は不気味な笑みを口元に張り付けたまま、指を鳴らした。

すぐ側で新たな爆炎が生じた。

観客が悲鳴を上げながら、兵士の声に従って避難している。その中にはエレスチャル公の姿もある。娘の名前を必死に叫びながら魔法で出した流水を会場に放つ。だがしかし、何故か炎が消えず、そのまま兵士たちに連行されていった。

「無駄でございますよ、公爵様。この魔法は数日かけて会場のあらゆる場所に刻んだ陣によって発動しております。その効果は絶大なもの……そう簡単に消し止められません」

「っ、質問に答えなさいよ！」

「口の利き方に気を付けろクソ女！」

執事から浴びせられた罵倒に、コーネリアは反射的に身を震わせた。このように口汚い呼ばれ方をしたのは初めてだった。いや、大勢の魔族から陰口を叩かれていたのは知っていたが、直接自分に向けられたことなど今までなかったのだ。

動揺を露にしているコーネリアに手を伸ばしながら、執事が喉を鳴らして笑う。

「お前に仕えているというだけでふんぞり返っていられたのは本当だ。しかし、我慢の限界というものがあるのだよ！」

髪を鷲掴みにされ、痛みでコーネリアの顔が歪む。その双眸からは次第に敵意と怒気が薄れ、絶望と恐怖が宿り始めていた。

兵士たちが炎を消し止めるべく、魔法で水を大量に作り出しているが、大して効果は見られない。それどころか勢いが更に増しており、ドームそのものを焼き尽くそうとしている。

凄まじい熱気のせいで息を吸うだけで喉に激痛が走る。まるで蒸し焼きにされているような感覚。

防壁魔法がかけられたままであれば、耐えられただろう。だがそれもシリウスに破壊されてしまい、今のコーネリアを守るものは何もない。

「こんなことをしてどうなるか分かってんの……殿下を巻き込むなんて頭おかしいんじゃない？」

「皇太子殿下なら、さっき兵士たちに無理矢理引き摺られて会場を出て行かれた。せっかくお前を助けようとしていたのにな」

「……助けて欲しいって頼んでないわ」

「最期まで生意気な小娘だ。だがまあ、復讐は果たせたんだ。俺も安心して死ねる」

目的を果たすため、大勢の命を危険に晒したのだ。それによって死罪に処されるくらいなら、今ここで人生を終わらせる。そんな歪んだ達成感に酔いしれる男の笑い声を聞きながら、コーネリアは目の前が暗くなっていくのを静かに感じていた。

今までやりたい放題に生きてきた。それらの報いかもしれない。そう思うと幾らかは恐怖が和らいだ。

最後の最後で欲しいものが手に入らず、黒焦げになって死ぬ。惨めな末路だ。母は待っていてくれるだろうか。


「……何だ？」

執事の声色が変わった。彼の視線の先には相変わらず火の海が広がっている。

だが、微かだが緑色が混ざり始めていた。

「馬鹿な……」

煌々と燃え盛る炎の中から姿を見せたのは、人が通れるほどの大きさをした植物で出来たトンネルだった。よく見ると色とりどりの花まで咲いており、こんな状況でなければお洒落だと思えるようなデザインだ。

「炎が効かない⁉　ど、どうし……」

「コーネリア様ー？　いたら返事をしてくださーい」

間延びした声が執事の言葉を遮った。誰かが走ってくる足音が聞こえてくる。

「あ……」

もう指一本も動かせないと思っていたのに、無意識にコーネリアは立ち上がっていた。執事がその体を押さえ付けようとしたが、彼女を守るように瞬時に延びたトンネルに弾き飛ばされてしまう。

一方コーネリアはふらつきながら、植物によって作られた道を走り続けていた。どういうわけか、熱さを感じない。

内側には赤い花が咲き乱れ、コーネリアを勇気付けているかのようだった。

「コーネリア様！　やっと見付けました」

そして、朗らかに笑いながら駆け寄るマリアライトの姿を見た途端、コーネリアの猫耳がぺたんと垂れた。両目からは涙が零れ出し、その場から一歩も動けなくなってしまう。

「知らない方にこちらへ連れて来てもらったのですけれど、火事が起きていてちょっとびっくりしました。そうしたらコーネリア様が中にまだ取り残されていると聞きまして。ちょうどシリウス様から耐火性のあるお花の種をいただいていたので助かりました」

「……………」

コーネリアは洟《はな》を啜《すす》りながら首を横に振った。違う。耐火性と言っても普通は火に炙られたら簡単に燃えるに決まっている。聖女の力で成長させたからこそ、ここまで強靭なトンネルを作り出せたに違いない。

そして、コーネリアを助けるためにこの場所に駆け付けたのだ。きっと損得など一切考えもせずに。

「では、ここから出ましょう」

「……うん」

マリアライトにハンカチで頬を拭われ、コーネリアは頷いた。ふわりと生地から香る仄かな花の香りに、何故かまた一粒涙が零れた。

◆　◆　◆

「くそ……くそくそっ！　何だこれは⁉」

燃える気配の見せないトンネルに執事は焦りを覚えていた。だったら毟《むし》り取ろうとしたがびくともせず、出口も塞がってしまってコーネリアを追いかけることが出来ない。

一体何者がコーネリアを救いに来たのだろうか。あんな女、死んだ方が得する者は大勢いるというのに……。

「これでは俺だけが死ぬことになってしまうではないか……！」

命を懸《か》けた復讐劇がこんな形で台無しになってしまうなんて認めない。どうにかしてこれを壊さなければ、と蔓《つる》を引き千切ろうとした時だった。

上から水滴がぽたりと落ちた。雨だ。炎の音を掻き消すほどの音を立てながら豪雨が降り出す。無数の雨粒によって周囲の炎が消されていく光景を、執事は驚愕の表情で見詰めていた。

「消えた……どうして……一体誰が……」

薄れる炎の向こうに佇む一人の青年。彼の足元には青い光で描かれた魔法陣が浮かび上がり、この雨が魔法によるものだと執事に理解させた。

「兵士たちを振り払って戻ったのは正解だったな。まさかマリアライト様がここまでするとは……」

自らも雨に打たれながら、シリウスがそこに立っていた。執事は背筋に冷たい汗が流れるのを感じた。コーネリアと戦った際に大量の魔力を消費したはずなのに、陣を使用した広範囲での魔法を行使している。

いくら皇族といえども、異常すぎる魔力量だ。

「それほどの力があれば、コーネリアなど一瞬で殺せただろうに……」

「言いたいことはそれだけか」

「お、俺は悪くない！　悪いのはコーネリアだ！　今まで頑張って耐えて来た俺を馬鹿にするからいけないんだ！」

「それが犯行動機か。よし、やれ」

シリウスの声を合図にして、黒い影が執事の背後へ素早く接近した。

そして、回し蹴りを喰らわせる。

「ぐが……っ」

背中に強烈な一撃を受けた執事は水溜まりの中に倒れ込んだ。呻《うめ》く男を見下ろしながらレイブンが笑う。

「雑魚っすねぇ〜」

「こいつには他にも聞くべきことがある。自害には気を付けろ」

「はいはい……」

レイブンは炎の被害を受けることのなかった緑のトンネルを一瞥し、感心した様子でこう言った。

「あんたとマリアライトさん、超お似合いっすよ。どっちも規格外すぎ」

「当然だ。俺のこの魔力量は恐らくマリアライト様が関係している」

「ん？　どういうことっすか？」

「……無駄話は後だ。今はこの馬鹿を連れて行け」

シリウスの足元に浮かんでいた陣が消失すると同時に、降り続けていた雨がぴたりと止んだ。覆っていた黒雲が去ると、月と星々で彩られた夜空が現れる。

「けど、残念だったすねぇ。マリアライトさんにいいところ見せるチャンスだったのに」

「俺はそのような低俗なことは考えていない」

「まー、マリアライトさんがトンネルの中にいなかったら、雨でびしょ濡れになっちゃうか」

「あ、雨で濡れたマリアライト様……!?」

「…………」

レイブンは現在進行形で低俗なことを考えている主に蔑みの視線を送った。

第四話　神獣の叫び

　ここはどこなのだろう。狭くて小さな場所にずっと閉じ込められている。無理矢理押し込められているせいで体が痛いし、ご飯をあまり食べられないからお腹も空いた。

　けれど、怖いって気持ちの方が強い。ちょっと前まではあちこちから「ここから出せ」、「助けて」と声が聞こえていた。それも段々小さくなって、静かになった。疲れたのか、死んでしまったのかは分からない。

　僕も一回だけ叫んだことがある。お願い、お母さんのところに帰してって。だけど、あの人たちは面白そうに笑うだけで全然聞いてくれなかった。

　誰も僕たちを助けてくれない。

　笑いながら、僕たちがおかしくなるのを、死ぬのを待っている。

　そんなの嫌だ。

◆　◆　◆

「マリアライト様、あなたに相応しいのはこちらのドレスかと思います。どんなドレスでも似合うと思うのですが、清楚なあなたにぴったりなのはこちらだと、俺は自信を持って言うことが出来ます」

「ありがとうございますシリウス様。けれど、大丈夫ですか？　お顔が真っ赤です」

「俺が選んだドレスを着たマリアライト様を想像して興奮しているだけです」

シリウスは元気な様子で、自らが調達した青いドレスと婚約者を交互に見比べていた。

小さかった頃はもっと物静かな性格だったような気がするのだが、楽しそうで何よりだとマリアライトは思った。

一昨日も似たようなことを言われながらドレスを貰った気がする。その時は「私には劣るけどあんたもそれなりに可愛い顔してるんだから、ふんわりしたドレスの方が似合うわよ」と熱心に語っていたような。

ちなみにシリウスが用意してくれたのは、全体的にシャープなデザインとなっている。主張もドレスも正反対だった。

拳を握って熱く語る彼は、恐らくそのことを知らない。

知らないままでいた方が幸せだったのだが、そこを深く考えないのがマリアライトだった。

「コーネリア様からいただいたドレスも素敵ですけれど、こちらも素晴らしいですね」

「あの女からドレスを？」

「はい。お礼を言おうとしたら、すぐにお仕事に戻られてしまったのですけれど……」

マリアライトからもたらされた情報に、シリウスは憤怒の表情を浮かべた。せっかくの美形が台無しになっているが、本人はそれどころではない。ぎりり、と奥歯を噛み締めている。

「先を越された……何たる不覚……！」

「私はどちらのドレスもいただいて嬉しいですよ？」

「マ、マリアライト様……」

　まるで眩しいものを見るようにシリウスは目を細めた。彼にとっては本当にマリアライトが光って見えるのかもしれない。

　だが、すぐに渋い顔付きに変わっていた。

「……このような事態になるくらいなら、あの女に慈悲などくれてやるべきではなかった」

「シリウス様？　今何か仰いましたか？」

「いえ、独り言なので、聞き逃していただいて全然構いません」

　シリウスの後悔。それはコーネリアをセラエノ城の召使として招き入れたことだった。戦乙女の決闘後、これまでの悪行の償いをしたいと、本人と父であるエレスチャル公爵から申し出があったのだ。

　自分に仕えていた者に殺されかけたのが流石に堪えたのだろう。若しくは、また何か悪だくみを考えているのかもしれない。様々な声が上がる中、シリウスがコーネリアに下した罰は「マリアライトの手足となって働く」というものだった。

　自らが陥れようとした相手に隷属する。これが彼女にとっては最大の屈辱になるだろう。また彼女が暴走した際は、今度こそは容赦をしない。

　またエレスチャル公には、これまで被害を受けた人々に対しての謝罪と慰謝料の支払いが命じられた。これには反論の声が上がった。しかし応じなかった場合には爵位の剥奪も検討していると告げれば、素直に応じるしかないようだった。

爵位の格下げはある程度予想していたものの、剥奪は予想外だったのだろう。青ざめる父親とは裏腹に、コーネリアは落ち着いた様子でシリウスの言葉を聞いていた。

実際のところ、コーネリアに城での従事を命じたのは、彼女と友人になりたがっているマリアライトのためというのが最大の目的だ。レイブンにはそのことを早々と見抜かれてしまっていたが。

とは言え、今まで尽くされる側だったのが尽くす側となるのだ。実際、初日から清掃やら食事の準備で悪戦苦闘している様子だったが、何とか続けているらしい。

「コーネリア様は私がセラエノで知らないことがあると、何でも教えてくださいます。とても頼りになる御方なのですよ」

「マ、マリアライト様、何か知りたいことがあればどうか俺に言ってください。コーネリアよりも丁寧に分かりやすくお答えしますので……」

シリウスの独占欲剥き出しの言葉を遮るように、窓辺に停まっていた鳥が鳴き声を上げた。

「あら、こんにちは」

部屋の主に声をかけられ、鳥は一回目よりも高めに鳴いた。彼らの言葉は未だに分からないもののの、これは挨拶の鳴き方だとマリアライトでも分かる。手を伸ばせば、撫でてくれと催促するように頭を少しだけ低くするのも可愛い。

「どうした？」

シリウスの問いに烏が数回鳴く。すると彼は驚いたように目を丸くした。

「何かあったのですか？」

「セレスタインという魔導具師を覚えていますか？　新しい魔導具の開発を終えて時間が出来たので、俺とマリアライト様に会いたいとのことです」

この国を人間の目から隠す装置を作った張本人だったか。マリアライトは頷こうとしたが、引っ掛かることがあった。

「もしかして魔導具師様は、セラエノではお偉い方なのでしょうか？」

自分はともかく、皇太子であるシリウスにこのような気軽な方法で「会える？」と普通は聞けないはずだ。それなりの立場にある人物なのだろう。

「はい。セレスタインは例の結界装置の他にも優れた魔導具を開発し、今でも活用されています。その功績故に本当なら爵位を授かるはずだったのですが……」

シリウスは渋い顔付きで腕を組んだ。

「貴族になるとしがらみが多くなる、という理由で辞退したんです。代わりに好き勝手出来る研究所を寄越せと言ってきたので、言う通り提供すると大いに喜んでいました」

「とても研究熱心な方なのですねぇ」

「そのおかげで今のセラエノが存在すると言っても過言ではありません」

「是非お会いしたいです。シリウス様はお時間は大丈夫ですか？」

そんなすごい人物の方から会いたいと言われている。マリアライトが目を輝かせながら訊ねれば、シリウスは少し考え込んでから口を開いた。

「はい。急ぎの件であれば、先程済ませています」

マリアライトへの熱意と愛情が尋常ではなく重い。しかし、自らに課せられた仕事をきっちりこなす理性的な面も併せ持つのがシリウスという男だ。

「早速会いに行きましょう。……セレスタインにもそう伝えてくれ」

シリウスに言伝を頼まれた烏が、一際大きな鳴き声を上げながら黒い翼を羽ばたかせる。そうして向かった先は窓の外、ではなく床だった。激突してしまうのではと案じるマリアライトだったが、黒い体は絨毯を擦り抜けて消えてしまった。

「……？」

「セレスタインの下に速く辿り着くための直通ルートです」

「研究所はこのお城の中にあるのですね……」

一応城の内部は教えてもらっていたのだが、記憶から抜け落ちていたようだ。そう思って軽く落ち込むマリアライトを察してか、婚約者が慌てて「半分当たりで半分外れです」と言う。

「彼の研究所はセラエノ城の地下に存在しているんです」

シリウスの人差し指は真下を差していた。

研究所に向かう手段は限られている。主の意向により、地下に通じる階段は作られなかった。なので烏以外が出入りする時は、彼の発明品を用いることになっている。

「これを使います」

シリウスがマリアライトに見せたのは、白い羽根だった。よく見ると根元の部分に空色の石が取り付けられている。

石の正体は魔石と呼ばれる魔力が結晶化した物質らしい。マリアライトが手を近付けてみると、魔石から微風が吹いていた。羽根そのものも僅かに揺れているのが見て取れる。

何より、その見た目の可愛さにマリアライトからは笑みが零れた。

「まあ！　可愛らしいですね……！」

「あなたには敵いません。……これは転移装置です。魔力を込めるだけでどこにいようとも、瞬時に研究所に転移することが可能です」

「これがですか？　どう見てもアクセサリーのようにしか見えませんけど……」

「では、実際に使ってみましょう。マリアライト様、俺に掴まってください」

緩やかに微笑みながらシリウスが両手を広げる。どさくさに紛れて抱擁を堪能しようとする婚約者の意図に気付かず、マリアライトは「はい！」と頷いてシリウスへ手を伸ばした。

◆　◆　◆

天井からは様々な小動物の干物やら臓物がぶら下がっており、棚では怪しげな薬草が栽培されている。銀色の鍋になみなみ注がれたピンク色の液体はボコボコと泡立ち、栓をされたフラスコの中では赤い光が点滅している。

　用事がない限りは、決して足を踏み入れたくないと評判のセレスタイン研究所。その主は古びた椅子に座り、天井を仰いでいた。両目を覆うタオルからは湯気が出ており、気持ちよさそうな呻き声を上げている。

「あ〜〜……仕事を終えた後の蒸しタオルは格別じゃのう」

「セレスタイン、おじさんくさーい」

「おじさんどころかおじいさんじゃろうて。その程度の贅沢は許せ」

　しっしっと手で追い払う仕草をする男に、ショートボブの黒髪の少女は溜め息をついた。その頭の上にはシリウスからのメッセージを預かって来た鳥が乗っており、呆れたようにカーカー鳴いている。

「シリウス殿下と聖女様が会いに来てくれるんだから、もう少し小綺麗な格好しなよ！」

「別にいいじゃろ。ありのままの姿で出迎えるのが儂流じゃ」

「あーもー、知らない。私だけ着替えてくるからね」

「おー」

　駄目だ、こいつ。少女は諦めてその場から離れようとした。

　その瞬間、目の前に光の柱が現れる。誰かが転移装置を使ったようだ。羽根の色ごとに光の色もそれぞれ変わるのだが、今回は白だった。白い羽根を持っているのは……。

　少女はハッとした表情で、椅子に座りながら寝息を立て始めた男の体を揺さぶった。

「起きて、セレスタイン！　殿下たちもう来ちゃったっぽいよ？」

「おお、早いのぅ。さて、シリウスは大分男前に育ったと聞くがどれほどか……」

銀髪の青年が白目を剥いた状態で光の中から現れた。

男と少女は真顔になった。

「ここが研究所なのですねぇ。いかにもそれっぽい雰囲気が……あら？　シリウス様？」

共に現れた女性が、青年の首に力強くしがみついている。それによって頸動脈辺りをキュッとされたらしい。

「う……うわぁぁぁぁぁぁ!!　殿下ぁー!!」

研究所に少女の悲鳴が響き渡った。

◆　◆　◆

最初は腰にしがみついてもらおうと思ったが、つい欲に目覚めてしまった。より密着出来るよう首に掴まって欲しいとお願いした。マリアライト様のお顔が近付いた直後からの記憶が抜けている。いい匂いだった。

以上が無事救出された皇太子殿下の供述である。清々しいまでに自業自得で死にかけていた。

「すみませんでした、シリウス様。しっかり掴まってと言われたので、つい力が入ってしまって……」

「マリアライト様の愛に絞め殺されるのなら本望です」

そしてマリアライトに心配をかけさせまいとしているのか、笑顔で答えている。

その様子を見て口元を吊り上げているのは、白衣を着た男だった。明るい色合いの青髪と、ミステリアスな雰囲気を醸し出す紫色の双眸。

男は飄々とした笑みを湛えながらマリアライトに頭を下げた。

「儂の名はセレスタイン・ジオーラ。研究費がたくさん貰えるということで、セラエノ城専属の魔導具師をやっている者じゃ」

「私はマリアライト・ハーティと申します。翡翠の聖女として、そしてシリウス皇太子殿下の婚約者としてこの国に参りました」

「翡翠の聖女とな。うーむ……」

セレスタインはマリアライトの顔をまじまじと観察した後、高笑いを上げた。

「なるほどなるほど。我が国の妃として相応しい芯の強さを持っているようで何よりじゃ。のう、殿下？」

「あなたならそう言ってくれると思っていた」

目を細めて何度も頷くセレスタインに、シリウスがほっとしたように溜め息を漏らす。

とりあえず褒められたと捉えていいのだろうか。マリアライトがそう考えていると、黒髪の少女が興味津々と言った表情でこちらを見ていた。

彼女もセレスタインと同じように白衣を着用している。助手かしら？　と予想しつつ頭を下げると、驚いた顔をされた。

「あ、あっ、すみませんっ！　私が先に頭を下げるべきでしたよね⁉」

「そうじゃな。不敬と見做されてしまうぞい」

「いやぁぁ、ごめんなさい！」

セレスタインに揶揄《からか》われて本気で焦っている。見兼ねたシリウスが口を開く。

「セレスタイン、助手をあまり虐めてやるな」

「殿下は優しいのう。ほれ、早くお前も自己紹介せんか」

「分かってるよ！」

少女は涙目でセレスタインを睨んでから、緊張の面持ちでマリアライトの前に立った。

「私はリフィー。ここでセレスタインの介護兼助手をやっています」

「介護……」

マリアライトは視線をリフィーから魔導具師に移した。

確かに少々古風な口調だが、人間で言えば二十代後半のように見える。まだ介護が必要な年齢には見えない。外見だけなら。

「マリアライト様、この見た目に騙されないでください。俺の父やエレスチャル公よりも遥かに歳を取っています」

「たくさん長生きをされていらっしゃるのですね」

「何度か下らん戦に巻き込まれて死にかけたがのう。ただまあ、運よく生き延びたおかげで好き勝手魔導具を作ってこれた」

　セレスタインの掌には色とりどりの蝋燭《ろうそく》が握られている。彼が芯に吐息を吹きかけると一斉に火がついた。ただの火ではなく青色の蝋燭なら青い火が、緑色の蝋燭なら緑の火……と蝋の色と同じ火が灯されている。

　幻想的な光景に、マリアライトは拍手を送った。

「すごいです！　そちらも魔導具でしょうか？」

「うむ。砕いて粉状にした火の魔石を混ぜた蝋燭でな。今のように息を吹きかけるだけで火がつく仕掛けになっている。インテリアグッズに最適じゃ」

「ちょっとちょっとー！　蝋燭ごとに火の色を変えてみようって言ったの私だからね⁉　全部自分が考えて作りましたみたいな空気出さないでよ！」

「何を偉そうに……お前はあくまでアイディアを出しただけ。誰が完成させたと思っとるんじゃ」

　両手を上げて抗議するリフィーを軽くあしらい、次にセレスタインは一つのグラスを手に取った。

　美しい瑠璃色の硝子で出来ているようだ。底の部分には、青色の砂のようなものが鏤《ちりば》められている。セレスタインがそのグラスを軽く振るとちゃぷんと水の音が聞こえ、底から透明な水が湧き出た。

「これは水の魔石を使用したグラスでな。美味くて冷たい水をいつどこでも飲める便利な魔導具じゃ！」

「…………」

「む？　どうしたマリアライトとやら」

「いえ……このグラスどこかで見たことがあるような……」

難しい表情で魔導具を眺めていたマリアライトの脳裏には、似たデザインのグラスが浮かんでいた。

あれは確か……。

「あ、思い出しました。人間の国で開発された魔導具です！」

「そりゃそうじゃろ。儂から盗んだ試作品を見よう見まねで量産しているようじゃからのぅ」

「……ハァッ⁉」

セレスタインの爆弾発言に驚愕の声を上げたのはリフィーだった。

「何それ⁉　そんなの私初耳なんだけど⁉」

「話してなかったからのぅ」

血相を変えるリフィーに呑気に答え、セレスタインはグラスの水をゴクゴクと飲み始めた。美味しそうだとマリアライトが思っていると、困惑気味にシリウスが口を開いた。

「セレスタイン、どういうことか詳しく聞かせて欲しいんだが」

「簡単な話じゃ。儂が試作品を持って人間の国に行った時に、儂を魔族だと見抜いた連中に盗られてしまった」

「なんで試作品を持って行ったんだ……？」

理解出来ない。シリウスの声には困惑と動揺が籠もっていた。

「れっきとした実験のためじゃ。しかし……盗っただけでは飽き足りず、複製を作って自分たちの開発としたか？」

その問いかけに、マリアライトは首を縦に振る。

魔導具の精製に成功した国は、魔族の技術を用いたものだとは一言も明かしていなかった。

人々も何も疑いもせず、人類の偉大なる発明だと歓喜に湧いた。

それらの普及によって、マリアライトはローファス王太子との婚約を破棄することになったのだが。

「申し訳ありませんでした、セレスタイン様……」

「お前は何も悪くなかろう。見ず知らずの者どものために頭なぞ下げるな」

「そ、そうですよ。このおじいちゃんがあっさり盗まれちゃったのが悪いんですから！」

「ブフッ」

残りの水を飲み干そうとしていたセレスタインだったが、助手に強く背中を叩かれて噴き出した。

「ぐぅ……んじゃがな、儂は特に気にしておらん。あとで痛い目を見るのはあやつらじゃからな」

「ん？　それってどういう意味？」

「さてのぅ。そんなことより、今日は来客が多いな」

セレスタインが目を向けた先に、橙色の光の柱が現れる。

光が消えた後、そこに立っていたのは、くすんだ灰色の髪をオールバックにした男と、彼を守る近衛兵たちだった。

その重厚そうな佇まいが研究所内に重苦しい空気を呼び込む。

「おや、あなたは……翡翠の聖女マリアライトではないか」

灰色の髪の男がマリアライトに気付くなり、柔和な笑みを浮かべながら近付く。そのまま手を掴もうとするが、二人の間に割って入ったシリウスに妨害される。

「兄上、私の婚約者に触れるのであれば、私の許可を貰ってからにしてください」

「す、すまないシリウス。聖女と聞いてつい我を忘れてしまったよ……」

灰色の髪の男は気まずそうに後ろに下がった。シリウスの背後に隠されたマリアライトは瞬きを繰り返した。

「こちらの御方はシリウス様のお兄様ですか？」

「ああ。私は第二皇子デネボラ。皇位継承権は取られてしまったが、これでもシリウスの兄だ」

温厚なようで刺を含ませた物言いだ。だが、シリウスがそれによって動揺したり、怒りを覚えたりはしなかった。

その涼しげな表情に、つい先程婚約者に絞殺されかけた時の面影はない。

「セレスタインに何か御用ですか、兄上？」

「神獣の動きを制限する魔導具は、作れないだろうかと相談に来たのだ」

「何故そんなものを必要としているのです」

「怪しい理由ではない。何らかの理由で負傷した神獣たちを傷が癒えるまで保護しているんだが、暴れられてね。傷の手当てをしたり、食事を与えるのが難しい」

デネボラは困ったような顔で肩を竦めた。シリウスの後ろからその様子を覗きつつ、マリアライトは神獣とはどのような存在であるかを思い返していた。

神獣とは聖女と同じように神から聖力を授かった神聖な生物のことだ。セラエノ国内でしか生息しておらず、個体数も少ないために捕獲、飼育を禁じられている。だが、それ故に密猟も横行していて大きな問題となっている。

ちなみに魔物と呼ばれる生物も存在しているのだが、こちらは魔族と同じように魔力を宿し、基本的に凶暴。

魔族が見れば神獣は聖力を持っていることがすぐに分かるので、魔物との見分けは簡単だとか。

「セレスタイン殿、多くの神獣のため、あなたの力を貸していただけないだろうか」

「嫌じゃな」

即答だった。セレスタインは椅子に座ると、白衣のポケットに入っていた大粒の飴を口に入れてガリガリと噛み砕き始めた。あまりにも素っ気ない態度に、口を出したのはデネボラではなくリフィーだ。

「いいじゃん。神獣たちを助けたくないの？」

「作れんことはないが、そんなもので神獣を大人しくさせてどうする。過剰なストレスを与えるだけじゃろうて」

「だが、神獣に我々の言葉は届かない。密猟者によって傷付けられた彼らは、我々にも心を開こうとしないのだ」

「届かないからと言って、無理矢理大人しくさせるか？　そんな考えを持った奴らに、開く心なんぞあるかのぅ」

くく、と喉を鳴らして笑うセレスタインに、デネボラが不快そうに眉を顰める。

「私とて神獣に負担を強いることはしたくない。だが、どうにもならない場合もある。頭の固いあなたには分からないだろうが」

「頭は固い方がいいと思うのじゃが。飴みたいに柔らかいと使い物にならんからのぅ」

「失礼する！」

デネボラは声を荒らげると、近衛兵の下に戻り橙色の光の柱に包まれて消えて行った。

静まり返る室内。シリウスは訝しげにセレスタインを見た。

「お前らしくなく、挑発的な物言いだったな」

「儂は獣臭いのが嫌いじゃからな。それをプンプンさせているあいつを、一刻も早くこの部屋から追い出したかったんじゃよ」

「だからって皇子の頼みを断るのはどうかと思うけどね」

溜め息をつきながらリフィーは、セレスタインの白衣のポケットをまさぐって飴を取り出した。

「……マリアライト様？」

ずっと黙ったままの婚約者を案じて、シリウスが声をかける。その声に我に返り、マリアライトは「すみません」と頭を下げた。

「少し考え事をしていました」

「兄上が何か気になりますか？」

「何と言いますか……デネボラ様から不思議な感じがしたのです」

一瞬だけしか見えなかったが、黒い靄《もや》のようなものが彼の全身に張り付いているように思えたのだ。首を傾げる婚約者に、シリウスは暫しの沈黙の後で口を開いた。

「……兄上は神獣の保護活動に熱心な御方です。昔から魔物も神獣もこよなく愛していましたから」

「とても素晴らしい御方ですね」

「その通りです。兄上のおかげで、多くの神獣が救われています」

「……シリウス様？」

「いかがしました？」

「シリウス様のご様子がいつもと違うように見えましたので……」

具体的にどこがどう、と説明するのは難しいが、何かを隠しているような空気を感じる、その正体を探ろうとするマリアライトに、シリウスは微笑むばかりだった。

「俺がマリアライト様に隠し事などするはずがありません」

「いえ、隠し事があるのは構わないのですけれど」

「か、構わないんですか？」

「自分の胸の内にだけ秘めておきたいことは誰にでもあると思いますから」

それにシリウスのような青年が、自分や誰かを悲しませるような隠し事をするとは思えない。

マリアライトはそう信じている。

むしろ、その逆だ。

「私のために何かを隠していませんか？」

「まさか。マリアライト様がご心配するようなことは何も起きていませんよ」

ですからこの話はもう終わりにしましょう、とシリウスは柔らかな声で告げた。


「くそっ、あのジジィめ……！」

その頃、セラエノ城内では憤りを隠さぬまま、近衛兵を引き連れて歩くデネボラの姿があった。

普段の彼からは想像出来ない荒れように、文官や召使らは戸惑いの色を見せている。

その中でただ一人、果敢にも彼に声をかける勇者がいた。

「デネボラ様～、そんなに怒ってたら、イケメンぶりが台無しっすよ？」

レイブンだった。

◆

◆

◆

ふんふんと鼻歌を歌いながら種を植えていく。元気に育ちますようにと思いを込めて土をかけるが、聖女の力は使わない。使えばすぐに成長してくれるだろう。けれどのんびり時間をかけて成長させて、その過程を楽しむのがガーデニングの醍醐味と言える。

「どんなお花が咲くのか楽しみだわ。……コーネリア様どうしました？」

「どうしましたじゃないわよ。あんた、これ見てシリウス殿下は何も突っ込まなかったの？」

マリアライトの手伝いで庭について来たコーネリアは、問題のトパジオスを目の当たりにして頬を引き攣《つ》らせていた。

中央から謎の騎士を生やした花と、土の中から僅かに姿を覗かせる謎の緑色の球体。今すぐ焼き払いたい衝動がコーネリアを襲う。

「シリウス様は喜んでくださっていました」

「あの男、あんたが関わっているもの全てを肯定するつもりなんじゃない？　私が言うのもなんだけど、あんたが私みたいな性格だったら、この国終わってたわよ……」

王による妃への盲目ぶりが国の破滅を招く話はよく聞くものだ。マリアライトが裏表のない性格で助かったと、コーネリアは安堵した。

だが、マリアライトの笑顔に寂しさのようなものを感じ取って、怪訝そうな顔をする。

「どうしたのよ？　あいつに気持ち悪いことでも言われた？」

「そうではないのですけれど……最近、シリウス様が何かを隠していらっしゃるようで」

「隠し事ねぇ。浮気の類いではないと思うけど」

「……もしかしたらレイブン様のことが関係しているのかもしれません」

そう語るマリアライトは悲しげに目を伏せた。

レイブンがデネボラ皇子の配下になってしまったのだ。

レイブンがデネボラに媚びを売っている現場を多数の人物が目撃していた。更にシリウスから聞かされた機密情報をデネボラに教えてしまったらしい。そのことを問題視したシリウスが解任を言い渡したのである。

そして、それを待っていたかのように、レイブンは新たな主にデネボラを選んだ。

「レイブンってここ最近デネボラ殿下にベタベタくっついてたから、鞍《くら》替えするんじゃないかって噂は流れてたわよ。しかも、そのデネボラ殿下は、シリウス殿下から皇位継承権をぶん取るつもりなの」

「デネボラ様はシリウス様のお兄様なのにですか？」

「兄だからよ！　シリウス殿下はあの通りの性格だから国民からの受けはいいけど、政治能力は第二皇子の方が上だとされているし、何よりも神獣の保護活動をやってるってのもポイントが高いの。どうして陛下がシリウス殿下を次期皇帝に選んだのか分からないって、陰で言われてるくらいよ？」

熱く語るコーネリアに、マリアライトは何度も頷きながら耳を傾けていた。シリウスはマリアライトの前では政治の話をしようとはしない。自身を取り巻く現状を知られたくなかったのか、それによって心配をかけさせまいとしているのか。

「大変なのですねぇ……」

「あんたも呑気にしてる場合じゃないわよ。もし本当にデネボラ殿下に皇位継承権が移ったら、あんたも妃になれないのよ？」

「そうなったら、シリウス様と以前みたいにのんびり暮らすことが出来ますね。シリウス様のお心次第ですけれど」

「継承権奪われても、よほどのことをしない限りは平民に落とされることはないわよ」

だが、それでもいいかもしれないとマリアライトは思っている。自分を心から大切にしてくれる人となら、どこで生活していてもきっと楽しい日々になると信じているからだ。

「一途っすねぇ。いい奥さんになれるっすよ、マリアライトさん」

その声は頭上から聞こえた。二人が見上げると、剣を持った騎士の頭部にレイブンが着地していた。

「うげっ、噂をすれば出たわねゴミ烏」

「酷い言われようっすね」

「デネボラ側についたんだから、マリアライトに会いに来る理由なんてないじゃない」

「俺にだって都合があるんすよ」

敵意を剥き出しにするコーネリアに溜め息をついて、レイブンが花から飛び降りる。

「ちょっとマリアライトさんにお願いがあって来たんすよ」

「お願いですか？」

「はいこれ」

レイブンがマリアライトに差し出したのは、黒い巾着袋だった。その中には植物の種がぎっしり詰め込まれていた。

「これは何の種でしょう？」

「神獣たちの主食って果物なんだけど、グルメなもんで特定の種類しか食べたがらないんす。それに入手困難なものばっか。そこでマリアライトさんの力でたくさん栽培しようって話っす」

「そんなの自分たちでどうにかしなさいよ」

コーネリアが猫耳を立てて抗議した。怒りで感情が昂っているのか、彼女の手の爪は鋭くなっていた。

「俺だって元主の婚約者にこんなお願い事はしたくないっす。でも、神獣の餌を確保するのって大変なんすよ。魔物がわんさか出る危険地帯に出向いて、命懸けで果物を獲って来ることもしょっちゅう。それでも、足りなくて腹を空かせてる神獣は多いっす」

レイブンはわざとらしく悲しそうな声を出しながら、涙を拭う仕草をした。コーネリアが舌打ちしても気付かない振りをしている。

「分かりました」

だが、マリアライトは種が入った巾着袋を受け取っていた。いつもと変わらないのほほんとした笑顔で。

「い、いいんすか？」

こうもあっさり了承すると思っていなかったのか、レイブンの声にも動揺の色が混ざる。

「ちょっとマリアライト。こんな奴に協力してやる必要なんてないわよ」

「神獣さんたちがお腹を空かせているのはよくありませんし」

「それはそうだけど」

「たくさん果物をご用意しておきますね」

「うっす……」

「ですから、レイブン様も頑張ってください」

屈託のない笑顔で励ましの言葉を送るマリアライトに、レイブンの顔が一瞬歪む。けれど、すぐにへらりと笑って「そんじゃ、よろしくっす～」と言い残して立ち去っていく。

その後ろ姿を睨み付け、コーネリアは巾着袋を取り上げようとしたが、マリアライトにあっさりと避けられてしまう。のんびりしているように見えて、意外と動体視力に優れているのだ。

「神獣さんたちのために私たちも頑張りましょう！」

「『私たち』⁉　まさかあんた私まで巻き込もうとしてんじゃないでしょうね⁉」

「一人だと大変ですし」

「私は絶対にやらないわよ！」

その十分後、マリアライトに種を植え方を教わるコーネリアの姿があった。

◆　◆　◆

帝都から離れた場所に位置する建物がある。デネボラ皇子が管轄する神獣保護施設だ。その入口は数メートル超えの鉄の門で守られており、数人の門番が常に目を光らせている。

施設で行われているのは、主に負傷した神獣の治療だ。檻に入れられた生物に職員たちが治療を試みているが、悪戦苦闘しているようだった。

虹色の翼を持つ鳥が鳴き喚き、炎のように赤く揺らめく体毛で覆われた狼が威嚇《いかく》する。額から藍色の宝石を生やした栗鼠に至っては檻から脱出しようと暴れている。

「おーおー、皆元気っすねぇ……」

「自分たちに危害を加えると思っているのだろう。彼の恐怖や怒りはよく理解出来る」

頬を引き攣らせているレイブンに、デネボラが苦笑混じりで言う。

「レイブン、君が私の部下になってくれて助かった。おかげで聖女の協力を得られたよ」

「あの人もシリウス殿下と同じでお人好しっすからね。それに俺もデネボラ様からたんまりお金をもらってるんで、仕事はきっちりこなすっす」

「……それは人前でする話ではないと思うが」

「まあまあ、いいじゃないっすか。俺が金と将来の地位に釣られてデネボラ様についたってのは、シリウス殿下にも筒抜けなんすから。あんたが皇位継承権を奪えるように何でもしてやりますよ」

ニヤリと笑みを浮かべるレイブンの言葉を聞き、顎を擦りながら喉を鳴らした。

「私があの弟から奪いたいのは次期皇帝の座だけではない。あの聖女も含まれている」

「……マリアライトさん？　まあ聖女はレアっすけど、あんたの好みはあんな何も考えていないようなぽやぽやしたお嬢様じゃないっしょ？」

「確かに君の言う通りだ。だがね、彼女がいれば私の思い描く『楽園』が完成するのだよ」

レイブンにだけしか聞こえないような小さな声で言うと、デネボラの薄い唇は弧を描いた。

◆　◆　◆

「シリウス様、神獣さんが食べる果物がたくさん実りましたので、レイブン様にお渡しすることは出来ないでしょうか？」

そう頼むマリアライトは、果実が山のように積まれた籠を両手で抱えていた。このまま持たせておくわけにもいかず、シリウスはとりあえず受け取ることにした。

「……こんなに重いものを、ここまで運んで来たんですか？」

「？　そこまで大変ではありませんでしたよ。流石に全て持ってくることが出来なかったので、果樹園に残してきましたけど」

レイブンから貰った種は、マリアライトの庭から少し離れた場所で育てることになった。

急ぎなので聖力を使い、すぐに成長させて実を収穫する。愚痴を零しながらではあるが、コーネリアが手伝ってくれたおかげで作業をスムーズに進めることが出来た。

楽しそうにその時の様子を語るマリアライトだったが、シリウスの表情には陰りが差していた。

「……マリアライト様、コーネリアの一件の時も思いましたが、あなたはどこまでもお優しい方だ。あの裏切り者の頼みを聞くなど……」

レイブンのことだろう。

「シリウス様がそれを望まないのであれば、距離を置きます」

「いいえ、あなたに無理強いするつもりはありません。……あれでもかつては俺を命懸けで守り、追っ手から共に逃げてくれた男ですから」

「そうですか」

言葉の中にレイブンへの信頼が読み取れて、マリアライトは笑顔になった。それから目を逸らすようにシリウスは視線を果実に視線を落とす。

「それに俺よりもデネボラの方が優れています。あれは父上ですら後回しにしていた神獣問題にもしっかりと目を向けている男です」

「動物が好きな方に悪い人はいないと言いますからねぇ」

「……はい。まだ俺が幼い頃、神獣について纏《まと》めた文献を俺に読み聞かせてくれました。当時の俺には難しい内容でしたが」

柔らかな追憶の声。眉尻を下げて微笑む姿は未来の皇帝ではなく、ただの青年のようにマリアライトには見えた。

「いつかお兄様と仲直り出来るといいですね」

「仲直りですか。あっちに皇位継承権が移れば手っ取り早く……いえ、すみません！　今のは失言でした。忘れてください！」

本気で焦った表情を見せるシリウスに、マリアライトは不思議そうに首を傾げた。

「何故焦っていらっしゃるのですか？」

「俺はあなたを妃にするつもりで、この国に連れて来ました。なのに、俺が皇帝になれないとしたら……」

「その時は、二人でまた以前のように果物やお花を売る生活に戻りましょう」

「……い、いいんですか？」

「はい、私は構いませ……あら、でも皇帝にならないだけで、お城で住むことには変わりないのなら、難しいかもしれませんね」

「まあ……本音を言ってしまえば、俺もただあなたと暮らすことだけを考えて生きる人生に憧れがあります」

シリウスはどこか擽《くすぐ》ったそうに笑いながら、二人きりの生活を思い返すように言った。

◆　◆　◆

シリウスと別れた後、マリアライトは果樹園を訪れていた。青々と生い茂った樹々が立ち並び、果実の甘い香りが漂っている。

無断で誰かが忍び込まないよう、周囲には魔法で作られた罠がいくつも張り巡らされている。マリアライトかシリウスの同伴なしに果樹園に侵入した場合、瞬時に氷漬けになってしまう仕掛けだ。ちなみに作成者はコーネリアだった。

「あのコーネリアがここまで協力してくれるなんて……マリアライト様はとてもすごい方なのでは？」

「初めてコーネリアと会った時も、一切怯まなかったそうよ」

ついてきたメイドが小声で会話をする。コーネリアがセラエノ城で働き始めると知った時は、この世の終わりだと絶望していたが、彼女は文句を言いつつも真面目に働いている。

元々飲み込みが早いようですぐに仕事を覚えたが、やはりマリアライトの存在が一番大きいのだろう。

シリウスが魔族の子供と知りながら匿い、世話をしていたとも聞く。翡翠の聖女ではなく、慈悲の聖女と言うべきかもしれない。こうして果樹園にやって来るのも、聖力によって急速に成長させた影響が出ていないかと心配してのことだった。

一本一本確認して回るその姿からは、慈愛の光が溢れていた。

「ああ、こちらにいらっしゃったのか」

背後から聞こえた声にメイドたちは振り向き、仰天した。

「マ……マリアライト様！」

「はい、なんでしょうかー？」

「デネボラ殿下がいらっしゃっております！　マリアライト様とお会いしたいとのことです！」

「デネボラ殿下がですか……？」

メイドに言われるがまま彼の下に向かうと、デネボラが恍惚とした表情で木を眺めていた。正確に言えばその枝に実っている赤い果実だが。

「素晴らしい……入手困難な実まで、こんな短時間で……」

「デネボラ殿下、いかがされました？」

マリアライトに声をかけられると、デネボラは我に返ったように表情を引き締めた。

「あなたに礼を言いに来たのだ。弟の政敵である私の頼みを快く引き受けてくれたと聞いてね」

「いいえ、当然のことをしたまでです。神獣さんにはお腹いっぱいになって欲しいですので」

メイドたちは二人の会話を聞いて、不信の眼差しをデネボラに向けた。彼が引き連れている近衛兵に睨まれると、すぐに逸らしてしまったが。

こんな時に限ってコーネリアがいない。こんなことなら彼女に部屋掃除を任せるべきではなかったと後悔しても遅い。

「そこで礼も兼ねて、あなたを神獣保護施設に招待したいのだがどうだろうか」

「まあ、私は神獣を見たことがないのでとても嬉しいです」

「お、お待ちください、デネボラ殿下！」

危機感皆無で大喜びのマリアライトに代わって、メイドが待ったの声をかけた。

「マリアライト様はシリウス殿下の婚約者でございます。まずはシリウス殿下のご許可をお取りください」

「許可なら既に取ってある。きっと喜んでくれるだろうと弟も言っていたよ。許可書を貰っているが、それを見せれば安心してくれるだろうか」

「そ、そうでしたか。失礼しました……」

「いや、君たちは私に警戒するのは無理もない」

デネボラは頭を下げるメイドに優しい言葉をかけながら、マリアライトの肩に手を置こうとした。だが、彼女がくるくると回転し始めたので弾き飛ばされてしまう。

「ああ、とっても楽しみです！」

「よ、喜んでもらえて嬉しいよ……」

舞い上がっている聖女に、デネボラはぎこちないながら笑みを返した。

◆　◆　◆

　マリアライトとデネボラを乗せた馬車は帝都を抜け、夜の荒野を走り続けた。

　主を歓迎するように巨大な鉄の門が、重く引き攣れた音を立ててゆっくりと開く。その向こうにある白い建物は、どこか神聖さを醸し出していた。

「大きな建物ですねぇ……」

「それなりに費用がかかったし、維持費も中々のものだ。だが、作ったことを後悔はしていない。愛すべき神獣のためだ」

「デネボラ殿下は本当に神獣さんを愛していらっしゃるのですね」

「彼らは神から聖力を授かった尊い存在だ。それを慈しみ、守るのが私の使命だと思っている」

　馬車から降りて建物の中に入る。中に入ると獣臭さは感じられなかったが、獣の鳴き声があちこちから上がっていた。

「いつものことだ、あまり気にしないでくれ」

「そう……なのですか？」

　治療や食事を拒み、怒り、叫ぶ獣たち。どれも見たことのない不思議な外見をしているが、彼らの異様なまでの警戒心に、マリアライトの意識は向いていた。

「落ち着け、落ち着いてくれ、俺はお前を助けたいだけなんだよ……！」

　白いフードを被った職員が頭部は鳥、胴体は猫のような形をした不思議な動物に引っ掻かれながらも、必死に治癒魔法をかけようとしている。

　どうにか彼の心が伝わって欲しい。そう願うマリアライトだったが……。

「………？」

鳥と猫のミックスのような動物は、職員ではなくデネボラに向かって威嚇しているように見えた。

「皆！　今日はたくさん食べていいわよ！」

職員がマリアライトの育てた果実を神獣に与えていく。神獣たちも初めは警戒しているようだったが、くんくんと果実の匂いを嗅いでから嬉しそうに齧り付いていた。

よかった、とマリアライトが安堵していると、数人の職員に涙ぐんだ表情で「ありがとうございます」と感謝の言葉を述べられた。

「聖女様のおかげで、神獣たちに満足な食事をさせてやることが出来ます。我々だけではどうしようもなかったので……」

「皆様のお悩みが解決したようでよかったです。それに私も初めて育てる種類ばかりでドキドキして楽しかったです」

「聖女様……あなた様がこの国にやって来てくださって本当によかった……」

「私も心からそう思うよ、マリアライト様」

デネボラがマリアライトの手を握ろうとするが、足元に転がって来た果実を拾うためにしゃがみ込まれたので失敗に終わった。何も知らない職員がマリアライトに礼を言って果実を受け取っている。

「デネボラ様、悲しそうなお顔をされていらっしゃいますけど……？」

「いや、大丈夫だ。それで話の続きだがね、私はあなたに感謝するとともに強い敬愛を抱いている」

「ありがとうございます。ですが、私は神獣さんたちを救おうとするデネボラ殿下の方が素晴らしいと思います」

「……そう思うのであれば、私のもう一つの願いを聞いてくれないだろうか？」

目を細め、どこか艶のある声でデネボラが言葉を続ける。

「これからも私のために動いてくれると助かる。出来れば……シリウスには秘密で」

「シリウス様には？　何故でしょう……？」

マリアライトの疑問に、デネボラは苦笑した。

「あなたはシリウスの妻となる女性だ。他の男に手を貸していると知れれば、あなたの印象が悪くなることは目に見えている」

「人助けも簡単に出来ないなんて、大変な世界ですねぇ……」

「無論、あなたへの見返りは用意するつもりだ。欲しいと願ったものは何でも揃えるし、気に入らないと思った相手も消してみせよう」

「うーん……それはちょっとやり過ぎではないでしょうか？」

「そのくらい、君に熱を上げているということだ……」

低い声で囁かれ、マリアライトは瞬きを数回繰り返した。

そして、困ったように笑いながら緩く首を振る。

「私が一番欲しいと思っているものは、シリウス様がくださっているので大丈夫です。それに皆さんのことはとっても大好きなので、気に入らないと思う方はいらっしゃいません」

「……別にシリウスではなくても用意出来ると思うのだが」

「そうかもしれませんけれど、私はシリウス様から欲しいのです」

「そ、そうか……妙なことを言って済まなかった。私は少し用事があるから外させてもらおう。その間、ゆっくりと見学しているといい」

「はい。のんびり楽しませていただきますね」

にこやかに頷くマリアライトに、デネボラは「では失礼」と言って背を向ける。

その表情は不快そうに歪められていた。

◆　◆　◆

要人以外は立ち入りを禁止されている通路を歩きながら、デネボラは舌打ちをした。

怒りの対象はあの聖女だ。

ピシアにいた時も王太子の婚約者だったそうだが、扱いはさほどいいものではなかったと聞く。なので好待遇をちらつかせれば、簡単に釣られると思っていたのだが、その予想は大きく外れてしまった。

レイブンの言う通り、何も考えていない頭の悪い女だった。

だが、それだけではない。大樹のような芯の強さを持っている。ああいうタイプが一番扱いにくいのだ。

「どうにかして、彼女を私のものに……」

シリウスよりも、自分に心を傾けるようになってもらわなければ困るのだ。マリアライトの存在を知った時に思い付いた『計画』が頓挫《とんざ》してしまう。

「どうしたんすか、デネボラ様。なんかイライラしてるみたいっすね」

軽薄な声は前方からだった。レイブンが気遣いの眼差しをデネボラに向けていた。

「ああ……マリアライト様との交渉が上手くいかなかったのだよ」

「あー……もしかしたら、協力はするけどシリウス殿下に内緒にしてくれないかって頼まなかったすか？」

「よく分かったな」

「あの人、そういうこと聞いてくれないと思うっす」

レイブンは両手を上げながら肩を竦めた。短い間だが、マリアライトと交流があったこの男ですらこんなことを言うのだ。自分では彼女を制御するのは難しいとデネボラは悟り、苛立ちと絶望感に襲われた。

そのことに気付いたのか、レイブンが「俺に任せてくださいっす」と元気づけるように明るい声を出す。

「マリアライトさんはとんでもなくお人好しっす。そこを利用すれば、上手い具合にデネボラ様のお人形さんになってくれると思うっすよ」

「それは中々……頼りがいのあることを言ってくれるな」

「俺だってシリウス殿下を裏切ってこっちについたんす。デネボラ様の信用と信頼を維持するためなら何だってしてしまいますよ」

「いいや、君が私の配下になったことだけでも十分だ。助かるよ」

「あざっす。俺マジでデネボラ様にご主人替えてよかったっすよ。ここだけの話、セラエノに戻ってからのシリウス殿下はマリアライトさん一筋で、ぜーんぜん仕事に手がつかなくなっちゃったし」

軽蔑と失望が混ざり合う声でレイブンが言う。最早シリウスに対する忠誠心は微塵も感じられない。

デネボラはほくそ笑んだ。一度主君を裏切ったレイブンにはもう後がない。何が何でも自分に仕え続けるに違いない。

「私は君を信頼している。今からその証拠を見せてやるとしようじゃないか」

「え？　え？　よく分かんないけど、楽しみっすね」

「私についてくるといい」

レイブンを連れてデネボラは通路を進んでいく。二手に分かれているところで右を選び、更に進むと突き当たりに辿り着いた。

「この先に進めるのは私が認めた者だけだ。君は誇りに思うといい」

そう言ってデネボラは壁に陣を描いた。壁の中から黒い扉が現れて、勝手に開き始める。

「……なんの部屋っすか？」

「私の楽園だ」

隠されていた部屋の中に足を踏み入れる。薄暗い室内の中には大量の檻が置かれており、その中で生物が押し込められていた。

神獣である。

「ここにいる奴らは……何なんすか？」

「神獣の中でも特に希少価値の高い種だ。彼らを外の世界に出すのは危険すぎる。再び捕まってしまう可能性は大いに考えられる」

「だからここで飼うとか……そんな馬鹿なことを言っているんじゃないっすよね？」

「彼らは私が救ってやったのだ。その所有権は私にあるのは当然の話だろう？　それを認めない者が多いから、こうして隠れて飼うしかないのだ」

デネボラの言い分に、レイブンは呆れ気味に溜め息をついた。

「だからって、こんな狭い場所にいつまでも閉じ込めておくのは可哀想っす」

「野生に帰って、様々な危険に晒されるよりはずっといいはずだ。餌の調達が難しく、彼らには満足に食事を与えられずにいたが、それも聖女マリアライトがいれば解決する」

「あー、だからマリアライトさんを引き込みたかったんすか」

「なに、将来私が皇帝となって神獣の飼育を合法とすれば、こんな真似もやめる」

「シリウス『様』から皇位継承権を奪いたいのも、それが一番の目的だと？」

「誤解しないでくれ。それはあくまで目的の一部だ。皇帝としての役目はしっかりと果たすつもりで……」

悪びれる様子もなく、それどころか楽しげに語るデネボラだったが、レイブンが手に何かを持っていることに気付いた。

黒色の羽根で、その根元には山吹色の魔石が取り付けられていた。

「……それはセレスタインが作った魔導具か？」

「当たりっす。これは転移装置の逆バージョンみたいなもんっす。特定の人物を自分がいる場所に転移させる優れもの。……つーわけでいらっしゃい、シリウス様」

羽根が光り出し、山吹色の光の柱を作る。その中から現れた銀髪の青年に、デネボラは顔を歪めた。

「シリウス……！」

「兄上、あなたには聞きたいことが山ほどある」

深紅の双眸で実兄を睨むシリウスの声は、真冬の風のような冷気を含んでいた。

マリアライトが神獣たちに手渡しで果実を与えていると、突然施設の中に大勢の兵士が駆け込んで来た。大人しくしろと叫ぶ兵士と、神獣が怯えるから静かにしろと怒鳴り返す職員。彼らの声にびっくりして暴れ出す神獣。施設内は混沌と化していた。

そんな中、マリアライトに気付いた兵士の一人が事情を説明してくれたのだ。

自分たちはシリウスの指示により、神獣の不法飼育を行っている職員を捕えに来たのだと。

そして、シリウスたちのいるこの部屋まで連れて来てくれたのである。

「……では、レイブン様がデネボラ殿下に仕えていたのは、この神獣が飼育されていたお部屋を見付けるためだったのですか？」

「はい。デネボラが保護した神獣の一部をどこかに閉じ込めていたという疑惑が浮上したんです。ですが、その場所を特定することが出来ず、そこで一芝居打つことにしたんです」

「偽の機密情報を用意して……デネボラに気付かれたら終わりっすからね。陛下以外には秘密の極秘作戦だったんす」

「マリアライト様、あなたにもこの件は伏せていました。ご心配をおかけして申し訳ありませんでした」

シリウスが申し訳なさそうに詫びる。

作戦なら仕方ないので謝らないで欲しい。そう思いながらマリアライトは檻に入った神獣たちを救出する兵士たちを眺めていた。

「だが、神獣保護施設にマリアライト様がいらっしゃったとは……聞いていないぞ、レイブン」

「俺だって、デネボラがここまで大胆だとは思ってなかったすよ！　偽の許可書まで用意してるなんて……それにマリアライトさんも人が悪いっすよ」

「はい？」

「……デネボラに仕えてるのが演技だって気付いてたでしょ？」

恐る恐る訊ねるレイブンに、マリアライトの首がこくんと、縦に動いた。

「ですけど、何か理由があるのかと思って黙っていました」

「……ちなみになんで分かったんすか？」

「どうしてでしょうか？　そんな気がしたのです」

「何となくねぇ……あんたに『頑張ってください』って言われた時に、『あ、気付かれてるわ』とは思ったけど」

そう嘆きつつも、レイブンはどこか嬉しそうだった。そんな従者をシリウスが睨む。

「マリアライト様の物真似が下手にもほどがあるぞ。可憐さが微塵も感じられない」

「感じられなくていいんすよ」

「そんなことはありません。とっても可愛かったですよ、レイブン様」

「マリアライト様がそう仰るのであれば……」

「黙れバカップル！」

顔を真っ赤にして怒り出すレイブンを温かい目で見守っていたマリアライトだが、何かを思い出したかのように室内を見回す。

「いかがされました？」

「デネボラ殿下がいらっしゃらないと思いまして……」

「兵士が檻から神獣を出そうとした途端、『私のコレクションに手を出すな』と魔法を使おうとしたので、一旦外に連れ出しました」

説明するシリウスの声には失望の色が混じっていた。

「あの人は神獣を生物ではなく、単なる物としてしか見ていなかったんです。その異常性をもっと早く気付くべきでした……」

「シリウス様は何も悪くありません」

「いや、デネボラが行っていたことは神獣の飼育だけではなかったんです。密猟者に傷付けられた神獣を保護してその功績を得る。これも仕組まれていたことだった」

「簡単に言えば自作自演っす」

レイブンが呆れたような口調でそう言った。

「自分や自分の部下が神獣を攻撃して、弱ったところでこの施設に連れて来る。何も知らない職員は警戒心剥き出しの神獣たちを必死に手当てする……こんなとこっす」

「そうだったのですか……」

マリアライトの脳裏に蘇るのは、デネボラに威嚇していた神獣だった。彼らが異様なまでに怯え、怒りを覚えていた謎が解けた気がする。

「救いようのないクズっすよ。神獣保護を謳っておきながら、こんなあくどいことをやってたんすから」

「デネボラ殿下は、どうしてそのようなことをなさっていたのでしょうか？」

「……それはこれから聞き出して行きます。さあ、マリアライト様。一旦ここから出ましょう」

シリウスがそう促した時だった。

「ギニャ――――ッ‼」

甲高い猫の鳴き声が暗がりの部屋に響き渡った。

「うわっ、何だこの猫！　羽根が生えてるぞ⁉」

「こんな神獣なんて初めて見たぞ……」

「と、とりあえず落ち着かせよう。他の奴らに比べて警戒心も強いようだからな」

一つの檻を兵士たちが囲んでいる。好奇心が疼いたマリアライトがそわそわしていると、様子を見に行ったレイブンに手招きをされた。

「シリウス様とマリアライトさんも見てみるっすかー？」

「おい、レイブン。面白がっている場合か」

「まあまあ。だって、こいつ多分『フォボスの猫』っすよ」

その名前を聞いたシリウスが目を開いた。

「そんな……まさか……実在していたのか？」

「珍しい神獣さんなのですか？」

「はい。神獣の中でも特に希少性が高く、古代文献に記されているものの、架空の存在とされていました。そんなものまであの男は……」

込み上げる怒りを抑え切れず、シリウスは奥歯を噛み締めた。

「ウゥゥ……」

檻の中を覗き込むと、真っ黒な子猫が毛を逆立てて兵士たちを威嚇していた。何とか宥めようと鉄格子の隙間から切った果実を差し入れてみるが、特に効果がない。

一見ただの黒猫なのだが、よく見ると背中から蝙蝠の翼のようなものが生えている。

「怯えているみたいですねぇ……」

「こうして捕まっているところを見ると、まだ『特性』には目覚めていないようですね」

「特性ですか？」

「このフォボスの猫は文献通りなら、厄介な特性を持っています。それが引き起こされる前に落ち着かせなければなりません」

深刻そうに眉を顰めるシリウスに同意するように、レイブンや兵士たちがうんうんと頷く。

部屋の外では何やら騒がしくなり始めていた。

「お下がりください！　あなたの立ち入りを禁ずるようシリウス殿下より命を受けております！」

「黙れ、私に命令するな‼」

何とか諫めようとする兵士に怒鳴る声。声の主が部屋に駆け込んで来た。

「ここにいる神獣は全て私の物だ！　横取りすることは許さないぞ‼」

両手を後ろで縛られた状態で、デネボラが唾を撒き散らしながら喚く。怒りで我を忘れているのか、目の焦点が定まっていない。

その有様を見て、シリウスが兵士に「あれを外に連れて行け」と冷静に指示を出す。

だがデネボラは自分を取り押さえようとする兵士に体当たりし、フォボスの猫が入っている檻に飛びかかった。

「こ、この猫だけは絶対に渡さないぞ！　フォボスの猫だぞ⁉　私が見付けた、私のペットだ……！」

「……おやめください、兄上」

「うるさい！　弟が兄に指図するな‼」

「指図します。これ以上、兄が醜態を晒す姿を見たくありませんので」

「…………っ」

『弟』からの言葉に、顔を歪めたデネボラを兵士たちが連行する。シリウスは大人しくなった兄を一瞥したあと、檻から出されたフォボスの猫に視線を移した。

猫には目立った外傷はないものの、痩せ細っている。

可哀想に……。あまりにも悲惨な様子にマリアライトが口を手で覆った時だった。

『あいつだ。あいつが僕を傷付けた』

幼い子供の声がした。

「え？」

「マリアライトさん？　どしたんすか？」

「今、声がしたのです。『あいつが僕を傷付けた』と……」

しかし室内に子供は見当たらない。だったら、どこから？　と混乱しているとまた声が聞こえた。

『背中に火の玉をぶつけられた。逃げようとしたら脚を折られた。痛いって言っても、止めてくれなかった』

強い憎悪を滲ませた声だ。

「背中に火の玉をぶつけられて、脚も折られたと言っています……」

「……マリアライト様、声はどこから聞こえますか」

「ええと、こちらからですねぇ……」

マリアライトの視線の先、そこにいたのは兵士に抱えられたフォボスの猫だった。

『お母さんのところに帰してくれなかった。許さない……許さない！』

猫の目が血のような赤色に染まった。

「許さないって言っています」

翼を大きく広げて、フォボスの猫が肉食獣のような獰猛な咆哮を上げる。その直後、マリアライトの目の前が真っ赤に染まった。

◆　◆　◆

「あらあら、困ったわねぇ」

マリアライトは嘆息した。トパジオスの周囲に植えた種が成長し、無事に花を咲かせたのだが、様子がおかしいのだ。

ベルのような形をした赤い花なのだが、その中を覗き込んでみると無数の白い歯がびっしり生えていて、それでむしゃむしゃと食べていた。自分と同じ種類の花を。

自分が育てた植物が共食いを始めている。元気に育ってくれたのは嬉しいが、このままでは数が減ってしまう。

自然界のバトルロワイヤルに頭を悩ませていると、隣に誰かが立った。

「あなたは……」

顔を隠すほどの茶髪と、泥で汚れた白いドレスの少女。

以前もどこかで会ったような。マリアライトが思い出そうとしていると、少女は喰い合っている花へと手を伸ばした。

すると、花たちは一斉に動きを止めて大人しくなった。

「あらら……？」

「一時的に眠らせました。それと、もっと栄養価の高い肥料を与えてください。そうすれば共食いを起こすこともありません」

「はい、ありがとうございます！」

「今のは一種の暴走のようなものです。そして、暴走を根本的に止めるためには、力以外の『何か』が必要となります」

少女は淡々と語る。

よく分からないが、とても深い話をしてもらっている。真面目な表情で頷いていたマリアライトだったが、大事なことを思い出す。

「そうでした！　あの、よろしければお名前を教えてくださらないかしら？」

きっとまた会う時が来るはずだ。その時のために名前を聞いておかなければ。マリアライトが目を輝かせながら訊ねると、髪の間から覗く少女の唇が弧を描くのが見えた。

「私は――」

◆　◆　◆

「……ライトさん、マリアライトさん！　しっかりするっす！」

この声はレイブンだろうか。自分を必死に呼んでいる。

「レイブン様……？」

「あっ、起きた！　どっか痛いとこないっすか⁉」

「いいえ……すみません、いつの間にかお昼寝をしてしまったみたいで」

「そうじゃないっすよ。あんた気絶してたの！」

「気絶？」

どうして？　と目を丸くするが、おかしな点はそれだけではなかった。

何故か瓦礫だらけの外にマリアライトとレイブンはいた。いや、二人だけではない。兵士たちが瓦礫をどかし、埋まっていた職員を救出したり、負傷した者たちに職員が治癒魔法をかけている。

だが、シリウスがいない。

「シリウス様はどちらに？」

「……あそこっす」

レイブンの視線の先に巨大な光の塊があった。その中心でフォボスの猫が、全身の毛を逆立てながら咆哮を上げている。

フォボスの猫を囲むように兵士や職員が立っており、彼らの中にシリウスの姿もあった。

シリウスたちは、光の中に猫を閉じ込めているようだった。

「ああやって猫を防壁魔法の中に封じてるんす。そうしなかったら、今頃俺ら皆殺しにされてるっすよ」

「どうしてそんな物騒なお話になってしまったのです……？」

「フォボスの猫が持っている『特性』が、デネボラのせいで引き出されたんす」

忌々しそうにレイブンは舌打ちした。

「攻撃を受ければ受けるほど、魔力を溜め込むって特性なんすけどね。デネボラにやられた二回分の魔力で、施設を吹き飛ばしたんす」

「二回だけで……すごいですねぇ」

「シリウス様が咄嗟に防壁魔法をかけてくれたおかげで助かったっすよ。だけど、兵士たちがシリウス様を助けようとして、一斉に攻撃魔法を撃ったせいで……まあ、今に至るわけっすよ」

レイブンの顔は真っ青になっていた。それほどまでに深刻なのだろう。マリアライトたちと同じように見守っている兵士たちも、絶望の表情を浮かべている。

「俺らもそろそろ避難するっすよ。救援要請はしたけど、シリウス様たちがいつまで持つか分かんないっすからね。あんなもんに暴れ回れたら、セラエノどころか人間の国まで滅びかねないっす」

「シリウス様を置いて行ってしまうのですか？」

「……俺、マリアライトさんを守るように命令されてるんで、それを優先させないと」

「…………」

マリアライトはフォボスの猫を封じ込めているシリウスたちへ視線を向けた。

皆、辛そうな顔をしており、額に汗を浮かべている。魔力を大量に使いすぎると、極度の疲労状態に襲われるらしいが……。

「げほ……っ」

一人の兵士が血を吐きながらその場に崩れ落ち、猫を覆う光が一瞬だけ弱まった。

「ニャァァアッ‼」

防壁魔法を破った猫が一際大きな鳴き声を上げると、周辺の瓦礫が浮遊した。それが砕けて自分を閉じ込めていた者たちへと襲いかかる。

「シリウス様！」

「お下がりください、マリアライト様！」

反射的に駆け寄ろうとするマリアライトをシリウスの声が止めた。それと同時に、猫は再び防壁魔法に閉じ込められた。

立っているのはシリウスだけだ。他の者たちは瓦礫を身に受けて倒れている。

しかしシリウス自身も攻撃を受け、頭や腕から血を流していた。

「父上なら、何か良い手立てを考えるはずです。それまで……俺が食い止めるので、あなたは早くお逃げください……」

「ですが、シリウス様を置いてはいけません」

「俺なら心配いりません。あなたの聖力のおかげで、魔力の残量はまだまだありますから……」

シリウスは痛みで眉根を寄せながらも、マリアライトへ笑いかけた。

「あなたの力で成長した果実を食べることによって、俺は知らず知らずのうちに魔力量を増やしていたんです。そのおかげで今、こうして立っていられます」

「ですが……」

「……お願いです。早く逃げてください。あなたに何かあれば、俺がここで命を懸けている意味がなくなってしまいます」

「行くっすよ、マリアライトさん！」

レイブンがマリアライトを抱えてその場から走り去っていく。遠ざかっていく二人を安堵の表情で見送り、シリウスはフォボスの猫へと向き直った。

「お前は兄上の被害者だ。哀れに思う。だからこそ、お前には誰も殺させない……！」

防壁魔法の光が小さくなっていく。シリウスから離れていく。

マリアライトはぼんやりとその光景を見詰めていた。

「だ、大丈夫っすよ。あの化物殿下が猫相手にやられるわけないじゃないっすか」

「………」

「きっと陛下が何とかしてくれるっす……」

「暴走を根本的に止めるためには、力以外の『何か』が必要……」

「は？」

「夢の中で、誰かが言っていたことです」

レイブンが足を止めてマリアライトの顔を覗き込むと、彼女はこんな絶望的な状況にも拘わらず微笑んでいた。

「あの猫さんを止めてみましょう」

「と、止めるたって……無理っすよ、あんなの。どうやって倒すつもりなんすか⁉」

「倒すのではなく止めます。これを使いましょう」

マリアライトが取り出したのは、巾着袋だった。

「それ何すか？」

「お花の種が入ってます。シリウス様がくださったのです」

「なんでそんなの持ち歩いてるんすか？」

「『コーネリアに何かされそうになった時は、急いでこれを咲かせてください』と言われていたのですが、特に何もされていなかったので……」

「つーか、そんなんでどうすんの……？」

流石の聖女も恐怖で頭がおかしくなってしまったのだろうか。訝しむレイブンを余所に、マリアライトは足元の土を手で掘ると、穴の中に巾着袋から出した種を落とした。

「それでは……いきます」

種が植えられた土に触れながら、マリアライトが瞼を閉じる。

次の瞬間、聖女の体を目映い光が包み込んだ。

◆　◆　◆

「救援軍はまだか！」

「もう暫くかかると思われます。それに相手はあの伝説の『フォボスの猫』です。対処法も考える必要があるかと……」

「ええい、そんな悠長なことを言っている場合か！　シリウス殿下が我々を守るために、自らのお命を削っておられるのだぞ！」

「それは俺たちだって分かっています！　ですが迂闊に猫に近付けば、事態が更に悪化することになります！」

瓦礫の裏に身を隠しながら、兵士たちは口論を続けていた。皇太子一人がフォボスの猫の暴走を抑えているというこの状況に、誰もが焦りを抱く。

本来ならシリウスの魔力が底を尽きて防壁魔法が切れた時に備え、すぐに助けに入れる位置にいるべきだ。

だが、それすらも難しい。フォボスの猫を刺激してしまう恐れがある。あれは強い悪意や敵意を向けられただけでも、魔力を増幅させてしまうらしい。あの猫を『敵』と認識している自分たちが姿を見せれば、シリウスの負担が増えるだけだ。

「あんな化物をどうやって倒せばいい⁉　攻撃をしてはならないだなんて！」

「防壁魔法に閉じ込めたまま、力尽きるのを待つしかないのか……？」

「それは駄目だ。魔力を生命力に変換すれば無限に生き続けるぞ！」

解決法が見出せず、苛立ちの混じった声で議論を続けていると、一人の兵士が「あれ……？」と不思議そうに夜空を見上げた。

「どうした？」

「今、空から白いのが降って来たんです。雪かな……」

「雪ぃ？　今はそんな季節じゃ……」

そう言いかけた兵士の目の前にも、白い粒のようなものが舞い降りた。

夜空から次々と降り注ぐ白い何か。まるで純白の雪のようなそれに思わず手を伸ばすが、それはよく見ると小さな綿だった。

綿は地面に着地すると、すぐに消えてしまったが、そこから緑色の若葉がぴょこんと土から姿を見せた。それはみるみるうちに成長し、小さくて黄色い花を咲かせる。

瓦礫の隙間からも花を咲かせており、ものの数分で周囲は黄色い花畑と化していた。

「これは……」

「『スノウ・レオ』って花らしいっすよ」

困惑する兵士たちにそう教えたのはレイブンだった。

「ダンデライオンって花と同じように、種子をつけた綿を飛ばして繁殖する種類っす。マリアライトさんが聖女の力を使って、この一帯をスノウ・レオだらけにしてるんすよ」

「聖女様が？　何故このような時に……」

「この花ってネコ科の生き物には、ちょっとした影響があるんす。神獣にも適用するかは微妙なところだけど……」

「ま、待て！　猫の様子がおかしいぞ！」

その声に、レイブンたちがフォボスの猫に目を向けた。

あれほど威嚇の動作をしていた猫が大人しくなり、体を伸ばしながら欠伸までしている。

シリウスも、防壁魔法を解くべきか葛藤していた。

「どういうことだ？　リラックスしている……のか？」

気が付けば、周辺を柔らかな黄色い花が埋め尽くしている。スノウ・レオだろうか。

これは……と考えてると、愛しい人がこちらへ駆け寄ってくるのが見えた。

「シリウス様～、ご無事でよかったです」

「マリアライト様⁉　どうして戻って……いえ、この黄色い花はやはりあなたが？」

「はい。この花の香りにはネコ科の動物を眠らせる作用があります。シリウス様から教えていただいたのを思い出しました」

「では、フォボスの猫が大人しくなったのもまさか……」

コーネリアは猫系の魔族だ。彼女をメイドに任命した時、万が一に備えてスノウ・レオの種を持たせたのだが、まさか神獣にも効くとは。驚愕しつつ、シリウスは防壁魔法を解除した。

猫は睡魔を堪えているらしく、体がゆらゆらと揺れている。

気のせいだろうか、黒い毛並みも薄まって、灰色になりつつあった。

『あれ……何だろ。とっても眠いや……』

ぼんやりとした子供の声を聞き、マリアライトは優しく微笑んだ。

「あの時、怒っていた声もあなたのものだったのですね……」

『この人間……全然怖くない……優しくてあったかいお花の匂い……お母さんみたい……』

ぱたぱたと翼を動かし、寄って来た猫をマリアライトは抱き止めた。

丸い頭を撫でながら、柔らかな声で話しかける。

「いっぱい怒ったり悲しんだりすると、疲れてしまいますから。そういう時は少しだけお昼寝をしましょう。それで……起きたら美味しいご飯をいっぱい食べるんです。私も昔……そうやって毎日過ごしたのですよ」

『うん……』

フォボスの猫が瞼を閉じると体が光り、灰色の毛並みが雪のように白くなった。蝙蝠に似ていた薄い翼も、白鳥を彷彿とさせるふんわりとした羽に変化していた。

「何だか可愛くなりましたねぇ。さっきの見た目もとっても可愛かったですけれど」

「文献にもこのような姿は載っていなかったのですが、これが本来の姿なのかもしれま……」

シリウスの体がぐらつき、その場に膝をついた。

「シリウス様、お体は大丈夫ですか？　顔色も悪いです」

「情けない……体は未だ限界を迎えていないのに、気が緩んで力も抜けてしまったようです」

「情けなくありません。シリウス様は私たちを守るために頑張っていらっしゃいました」

「ですが、あなたがいなければ俺もフォボスの猫も……マリアライト様⁉」

ぎょっとした表情で名前を呼ばれてマリアライトは首を傾げたが、シリウスの指が頬を触れたことでようやく自覚した。

自分が涙を流していたことに。

「どこか痛む場所がありますか⁉　今すぐに治癒魔法をかけてもらいましょう！」

「シリウス様とレイブン様が守ってくださったので、私は無事です。……もしかしたら、私も気が緩んでしまったのかもしれません。こんなに怖いと思ったのは、久しぶりだったので」

マリアライトは、自分の涙を拭うシリウスの手を強く握り締めた。

顔からは笑みが消え、細い体は小刻みに震え始める。

「シリウス様がいなくなってしまうかもしれないと思った時、本当に怖かったのです」

「……マリアライト様」

「お願いです。やっと見付けた幸せを私から奪わないで……」

マリアライトは掠れた声でそう告げて俯いてしまった。シリウスは傷だらけの両手を彼女の背に回した。

大丈夫だと思ったのだ。見かけによらず、芯が強いこの聖女ならば、自分がいなくなった後も魔族の国で何とかやっていけるだろうと。優しい誰かとともに、今度こそ幸せになってくれるだろうと。

だが、そうではなかったのだ。マリアライトはもう、自分以外との未来を望んでいない。

だったら、自分は何が何でも生き続けなければならない。皇帝としても、一人の男としても。

シリウスはそう決意した。

◆　◆　◆

神獣騒動が落ち着くのには、数週間の時間を要した。

まずデネボラ皇子は、セラエノ城の地下にある牢獄に収監された。いや、最早皇子ですらない。

ウラノメトリアによって即座に廃嫡を言い渡され、デネボラは平民として裁きを受けることとなった。極刑は免れたが、権力争いに神獣を利用した罪は重く、それ相応の罰が科せられると予想されている。

　デネボラの犯行に関与していなかった職員の面々は、引き続き神獣の世話を任されている。あれほど凶暴だった神獣たちも大人しく手当てを受け、餌を食べている。デネボラに何かがあったことを、本能的に感じ取ったのかもしれない。

　餌となる果実も、マリアライトのおかげで十分に余裕がある。

　回復した神獣は次々と自然に帰った。別れ際、職員に甘える神獣も多く存在した。

「はい、出来ました。スノウさんのために作った花冠ですよ」

　マリアライトが育てた花で作った白い花冠だ。小さめに作られたそれを頭に載せられると、白い猫はぴにゃあ、と嬉しそうに鳴いた。

　フォボスの猫は、特例でセラエノ城で保護されることになった。攻撃や強い悪意によって暴走する神獣を自然に放し、密猟者に出くわしたら危険だと判断されたのだ。

　猫の母親が見付かるまでの間は、マリアライトが母親代わりだ。初めは職員たちが預かる流れだったのだが、マリアライトから離れると寂しがるのである。

　そして、この猫には『スノウ』という名前が与えられた。マリアライトが中々名前を決められずにいたので、シリウスがそう名付けた。

「ですけど、あの時みたいに声が聞こえなくなってしまいましたねぇ」

今のスノウからは猫の鳴き声か、機嫌がいい時に聞けるゴロゴロという音しか聞こえない。

「聖女の能力のおかげだったんじゃない？」

そう指摘するのはコーネリアだった。スノウをブラッシングした時に出た、大量の毛玉を丸めている。

「原初に存在していた翡翠の聖女トパジオスも、動物の言語を理解出来たそうよ。あんたも火事場の何とやらで一時的に使えてたのかも」

「コーネリア様……」

「な、何よ、その顔」

「レイブン様が仰っていましたけど、スノウさんが可愛いからって勝手にご飯をあげてはいけませんよ」

「わ、分かってるわよ！　レイブンに注意されたからもうやらないってば！」

スノウの存在は、慣れないメイド仕事で苦労しているコーネリアの癒しにもなっていた。

◆　◆　◆

「うわあああああっ!?」

その頃、城の外では見回り兵が悲鳴を上げていた。

騎士の形を模したためしべを生やしたトパジオスの花。二本の花の間に埋まっていた緑色の球体が、土中から飛び出していたのだ。

　球体の表面にはうっすらと赤い筋が浮き出ており、どくん、どくんと規則正しく脈を打っていた。

　まるで何らかの生物が、その中に宿っているかのように。

エピローグ

テーブルの上に積み上げられた書類の山に、小さな子供の眉間には皺が何本も出来た。肉体年齢こそ人間に換算すればまだ六、七歳という幼さだが、実年齢は既に七十を超えている。そんな彼にとって自分に届けられたそれらは、忌々しいものでしかなかった。

「……レイブン、いるか」

「何すかー？」

天井の板を外して執務室に下りて来たレイブンに、書類を押し付けようとすると彼は露骨に嫌そうな顔をした。

「何故嫌がる。俺はただこれを処分してもらいたいだけなのだが」

「駄目っすよ。釣書はちゃんと目を通しておかないと」

「……俺は結婚するつもりはないぞ」

また、そんなことを言うんだから。部下の顔にはそう書いてあった。

だがシリウスも嫌なものは嫌だった。父である皇帝陛下から突然皇位継承権を授けられ、シリウスを取り巻く周囲の環境は一変した。

毎日のように大量に届く釣書。下心を隠そうとせず、すり寄って来る人々。

今までは自分の分まで仕事をしてくれる便利な弟として見ていた兄たちからは、敵意を向けられるようになった。

最初から皇帝になることなど望んでいなかったシリウスにとって、非常に息苦しい日々だった。

「あんたはそう言ってても、皇帝になるなら妃は用意しておかないと。もういっそエレスチャル公爵の娘とかどうっすか？」

「………………」

「冗談なんでそんな怖い顔しないでくださいよ」

「俺を皇太子としてしか見ようとしない。そんな女たちの中から選ぶのはごめんだ」

とんでもない我儘だと自覚はしているが、口に出さずにはいられなかった。

好きで皇帝になるわけでもないのに。そんなものは兄上に任せて、自分は文官にでもなって国を支える生き方をしたかった。

だが、そんな願いが叶うことはない。皇帝が下した決定は誰にも覆せない。シリウスがいくら懇願したところで。

レイブンの言う通り、結局は誰かを妃として迎えなければならない。

「俺もシリウス様とお似合いの素敵な女の子を探しますよ。どんな子が好みっすか？」

「俺のことを……」

「うんうん」

「知らない人がいい」

「無理っすねぇ」

そんなの分かっている。

◆　◆　◆

随分と昔の夢を見ていたらしい。まだ残っている眠気を振り払うように瞼を開くと、木の幹に凭れて眠っていたことを思い出した。

膝の上では、スノウと名付けた白猫があおむけの状態で昼寝を満喫していた。鳥のような羽も全開になっているのだが、痛くないのだろうか。ふわふわの腹の毛を撫でてみると、擽《くすぐ》ったそうにしたが起きることはなかった。

周囲に漂う甘い香りと清らかな木の匂い。神獣の餌のために作られた果樹園は、シリウスにとって秘密の場所となりつつあった。自分とマリアライトが同伴しなければ、立ち入ることも出来ないおかげで、一人になってのんびりしたい時はここを訪れるようになっていた。

しかし、いつまでも長居をしていては、レイブンが騒ぎ出すかもしれない。そうなっては面倒だとスノウを抱えながら立ち上がろうとし、夢の内容を思い出す。

あの頃の自分に伝えたい。どんなに焦がれても決して出会えるはずがないと思っていた人と出会えたことを。その人も、自分を愛してくれていることを。

「ちょっと！　もう少しでおやつの時間なんだから寄り道するんじゃないわよ！」

「まあまあ。スノウさんのご飯を獲って行きましょうよ」

騒がしい猫娘の声と、おっとりとした優しい声。後者に反応したであろうスノウはパチッと目を覚まし、声の主を求めて飛んで行ってしまった。

「……すまない、レイブン。戻るのはもう少し後になりそうだ」

どこに行っていたのかと、小舅の如く小言を言われるかもしれない。そう覚悟しつつ、シリウスは真っ白な後ろ姿を追いかけるように歩き出す。

その先に愛しい聖女がいると分かっているから。

書き下ろし閑話

束の間の光

「今晩、シリウス様のお時間をいただいてもよろしいでしょうか？」

恥ずかしそうにほんのり頬を染めながら訊ねたマリアライトに、シリウスは真顔で羽ペンをへし折った。その反応がよくないものと判断したのか、マリアライトは眉尻を下げて笑った。

「お忙しいのであれば、コーネリア様でもお誘いしようと思うのですけれど……」

「えっ、いや、全然そんなことはありません！　ただ興奮して力加減がうっかり出来なかっただけなので、お気になさらず！」

本人の申告通り、シリウスの両目は真っ赤に染まっていた。ついでに頬もマリアライト以上に赤くなっている。茹でた蛸のような有様だが、それを指摘する者は誰もいない。

だが、シリウスは何かに気付いた途端、すぐにクールダウンした。

「……ん？　お待ちください。今、コーネリアを誘うと仰いましたか？」

「はい。コーネリア様はスノウさんが大好きですから」

「スノウ？」

どうしてそこで神獣の名前が出てくるのか……。シリウスの心の温度は、みるみるうちに平熱に戻ってゆく。

これは自分が想像しているような甘酸っぱい展開は訪れない。

「シリウス様もご一緒されると知ったら、セレスタイン様とリフィー様も喜ばれると思います」

マリアライトは満面の笑みを浮かべながら緑色の羽根を取り出した。あの魔導具師から専用の転移装置を貰っていたようだ。彼女らしい優しい色合いをしていると思っているうちに、手を掴まれてセレスタインの研究所へと飛ばされる。

「何じゃ、殿下も共に来ることになったのか。まあ、滅多に味わえない経験じゃからのぅ」

「まだ何も聞かされていないんだが」

シリウスがそう言うと、セレスタインは薬草を煮詰めながら訝しげな視線を向けた。

「何の説明もされていないのに、聖女に誘われただけで返事をしたんじゃなかろうな？」

「マリアライト様からのお誘いだ。妙なことにはならないと予想していた」

「そうか。それで儂らは今夜、登山をするんじゃがの」

妙なことになりそうだった。

セラエノは夜が終わらない国だが、それはあくまでも空の話だ。時間の概念は人間の国と変わらない。魔族には夜しか活動出来ない種類もいるが、少なくとも夜になったら山登りをする風習などない。

困惑するシリウスを見かねたリフィーが口を挟む。

「シリウス殿下はセイレス山をご存知ですか？　そこに登るんですけど」

「初めて聞く名だ。俺は山にはあまり詳しくないのだが珍しいのか？」

「その頂上で珍しい花が自生しているんです。煎じて飲むだけで数百倍の魔力が手に入り、身体能力も向上！　容姿端麗になって異性からモテモテになる上に、お金持ちになる伝説の花だとか！」

「それは盛りすぎだろ」

あらゆる願望を詰め込んだ設定である。そんな欲張りセットが実在していたら、感動を通り越して恐怖を覚える。

「儂もそう思ったんじゃがのぅ」

「フォボスの猫だって実在したんだから、この花だってあるかもしれないじゃないですか！」

苦笑いを浮かべるセレスタインの横で、リフィーが拳を握って力説している。

セレスタインがこの手の話を信じるとは思えなかったが、こういうことだったようだ。案外、助手に甘い男である。

「リフィー様の言う通りです。植物の世界は可能性が無限に広がっているのですよ」

「マリアライト様がそう仰るなら……」

マリアライトが可能性を具象化したような存在だ。彼女の言葉なら信じてみたくなるのは、決して愛だけが理由ではない。

「よし、殿下も納得したようじゃから、早速準備を……」

セレスタインの言葉を遮るように、マリアライトの隣に赤い光の柱が出現した。

そう、赤いのだ。

「待ちなさい！　その山登り、私も行くわよ！」

猫耳を生やした赤い髪のメイドが研究所に現れた。その腕の中ではスノウが欠伸をしている。

「コーネリア様！　一緒に来てくださるのですか？」

「詳しい話はこの猫から聞いたわよ。あんたの身に何か起こると、私が聖女を守れない役立たず扱いされるんだから、どこかに行くなら私も連れて行きなさい！」

「げーっ！　エレスチャル公爵の娘も来るの!?　何が狙い!?」

リフィーが思いきり顔をしかめた。

「リフィー様、コーネリア様は寂しがり屋さんなのです。仲間外れにされたと思われたのかもしれません」

「え？　あ、ああー……そうなんですね……」

「ちょっと！　何よその哀れみの視線は!?」

生温かな眼差しを向けられ、憤慨するコーネリア。その姿を一瞥してから、シリウスは呆れた口調でセレスタインに訊ねた。

「なんでコーネリアに転移装置を作ったんだ……」

「儂も最初は『何じゃこの猫』と思って断ったんじゃが、大金を貰ってしまってのぅ」

永く生きる魔族も金の魅力には勝てなかった。

「……あの女もついていくことになったが、いいのか？」

「儂は特に困らんぞ。あの暴れ猫も聖女がいると多少大人しくなるようじゃから」

「だったら、こっちももう一人用意するぞ。いいな？」

「ここまで来たら一人増えても二人増えても同じじゃ。どうぞご自由に」

どこか投げやりな言い方だった。そんな適当でいいのかと不安に思いつつ、シリウスは一つ気になることを聞いてみた。

「先程、滅多に味わえない経験と言っていたが、あれはどういうことだ？」

「それは『その時』が来てからのお楽しみじゃな」

セレスタインは怪しげな微笑を浮かべると、コーネリアを怒らせて追いかけ回されている助手の救出に向かった。

◆　◆　◆

セイレス山はセラエノの南部に位置する山だ。枯れ木ばかりが立ち並び、地面には草の一つも生えていない。植物がなければ、それを餌とする動物もいない。

命が全く存在しないとされるこの山は、いつしかこう呼ばれるようになった。

滅びの山と。

「どうしてそんな物騒な山にマリアライト様を誘った!?」

「そうよ！　あの女がどうやったら怖がるのか試してんの!?」

シリウスとコーネリアが切れた。

実際到着してみると、異様さがよく分かる。生物の気配が感じられず、体の芯まで凍えるような冷たい風がびゅうびゅうと吹く。

一度足を踏み入れたら、二度と帰って来られなくなりそうな雰囲気すら漂っていた。

「あの……聞いてないっすよ？　俺まで山登りするの」

シリウスから何も説明を受けずに連れて来られたレイブンは、呆然とした表情で滅びの山を見上げていた。ちなみにスノウの世話役に命じられ、ふわもこボディを抱っこしている。

「お腹が空くと思いますので、メイドの皆様に手伝ってもらいながらサンドイッチを作って来ました」

「やった！　聖女様の手作りサンドイッチだぁ～！」

「ふふっ、味には自信があります」

一方、マリアライトは持参したバスケット片手に、リフィーと盛り上がっていた。怖がる様子は全く見られない。

たかが滅びの山如きで臆する聖女ではなかった。

「この中で一番肝が据わっとるな、あの聖女。完全にピクニック気分じゃぞ」

「「……………」」

セレスタインの指摘に、シリウスとコーネリアは何も言い返すことが出来なかった。

「聖女としての活動をしていた頃、このような山によく登っていました」

お淑やかな外見とは裏腹に、マリアライトはその強靭な脚力で険しい山道を進んでいく。ちなみに言いだしっぺのリフィーは早々に音を上げ、セレスタインに「抱っこ！」とせがんでいた。当然無視された。

「なるほど。道理で歩き慣れているわけです」

「逆にシリウス様は大丈夫ですか？」

「魔族は人間に比べて肉体的疲労を感じにくいんです」

「……あの子は例外みたいだけどね」

コーネリアが冷たい視線を向けたのはふらつきながら歩くリフィーだった。最後尾にいるレイブンが心配そうに声をかける。

「大丈夫っすか、リフィーさん」

「うう～頑張る……」

「普段研究室に引きこもってばかりじゃから、運動不足を起こしとるな。まだ若いのにのぅ」

「私よりも何百歳も生きてるおじいちゃんのくせに、全然息切れしてない……！」

息絶え絶えのリフィーにセレスタインが邪悪な笑みを浮かべていた時だ。レイブンの腕の中でじっとしていたスノウがもぞもぞ動き出した。

「ぴにゃん」

レイブンから離れ、リフィーの下に向かっていく。その様子を見てセレスタインがふむ、と声を漏らす。

「肉食の鳥類は、瀕死の動物を見ると餌にすると言うからのぅ」

「何をそんなサラッと言ってるんすか。あんたの助手喰われるっすよ」

しかしスノウは口をくわっと開けると、リフィーの喉元……ではなく、襟首に噛み付いた。

「えっ⁉　なになに⁉」

「んふぁ、ふぁ」

その状態でスノウは白い羽を動かし、リフィーの体を持ち上げた。

「あら、スノウさんは力持ちですねぇ」

そう言いながら拍手を送るマリアライトに、スノウはむふんと得意げな顔をした。

「ありがとうスノウ～。来てもらってよかったー……」

「すまんのぅ、神獣。おぬしにまで仕事をさせるつもりはなかったんじゃが」

シリウスとコーネリアは、セレスタインのその発言を聞き逃さなかった。

あの爺さん、今『仕事』って言わなかったか……？

「おお、そうじゃった。聖女、これを持たせておくぞい」

「可愛らしい鳩《はと》さんですね」

セレスタインが渡したのは掌サイズの鳩のぬいぐるみだった。だが、全体に薄緑で別の鳥のようにも見える。

「こちらも魔導具なのでしょうか？」

「うむ。これを持ち歩いていると、持ち主が危険に晒された時にセラエノ城へ強制転移させる効果を持つ。殿下と猫娘がいれば大丈夫だと思うんじゃが、万が一があるからのぅ」

「ちょっと待て、セレスタイン‼」

シリウスが叫んだ。

「何故たかが山登りで、そんなものをマリアライト様にお渡ししている⁉」

「しかも、私と殿下がいれば大丈夫って何が⁉」

コーネリアも加わって二人でセレスタインに詰め寄っていると、「ギャー！」とリフィーが悲鳴を上げた。スノウに体を持ち上げられたまま、真っ青な顔で前方を指差している。

「あ、あれ……」

暗闇の向こうで、両腕が木の枝、下半身が根のような形をした女たちが待ち構えていた。胴体もまるで死人の如く痩せ細っている。

山への侵入者に敵意を向けているのか、他の理由があるのか。少なくとも、このまま見逃してくれる気配はない。

「わぁ、不思議な方々がたくさんいますねぇ」

「この山に棲み付いている魔物じゃ。あやつらを追い払わないと、先には進むことが出来ん」

そう言いながらセレスタインは、約二名に視線を移した。

「ということじゃ。頼むぞ殿下、猫娘」

「あんたも戦いなさいよ！」

「儂はもう歳じゃ。魔法一発撃っただけで腰にくる」

「助手置いてサクサク山登ってたじゃないの！」

コーネリアは耳をピンと立てて抗議し、シリウスは恐る恐るマリアライトに訊ねていた。

「もしやご自分から山に登りたいと仰ったのではなく、セレスタインから誘われましたか……？」

「はい！　特別な経験が出来るから是非と！」

満面の笑みでの回答に、シリウスは両手で顔を覆った。

そして悟った。セレスタインがマリアライトを誘ったのは、恐らく自分とコーネリアを戦闘要員として連れて来るためだったのだと。

「ああもう、やるわよ！　やればいいんでしょ⁉」

最早自暴自棄になりながら、コーネリアが魔物の群れに向かって氷の棘を撃ち込む。

「セレスタイン、今月の研究費10％カットだ！」

「その分、猫娘からたんまりもらっとるから構わんぞ」

「く……っ」

一から十まで、セレスタインの掌の上で転がされているような。シリウスは悔しさを込めた雷球を魔物目掛けて放った。剛速球。

魔物たちは意外にも、二人の攻撃に蜘蛛の子を散らすかのように早々と退散した。その光景を見たマリアライトが首を傾げる。

「あの方々……何かを頼もうとしていたのかもしれません」

「そうっすか？　おっかない顔でこっち見てたっすよ」

マリアライトの呟きを聞いて、レイブンがうぇぇと顔を歪めた。

魔物が退けたので、再び山頂に向けて歩き始める。リフィーは途中でまた力尽きたので、スノウに運搬されていた。

「神獣は猫娘をより確実に釣るために連れて来たんじゃが、正解じゃったな」

「うにゃーん！」

「うぎゃあ！」

セレスタインに褒められて嬉しくなったのか、スノウは元気に鳴き声を上げた。リフィーがぼてっと音を立てて地面に落下した。

「……マリアライト様、俺から離れないでください」

シリウスは険しい表情で周囲を見回していた。

「先程の魔物が近くでうろついています」

「……どうしてでしょう？」

「私たちを狙っているからに決まってるでしょ。殿下、手っ取り早くこの山ごと焼き払った方が早いんじゃない？」

いい加減、魔物の気配が煩わしくなったらしい。コーネリアが無計画な策を言い出した。

「珍しく意見が合ったな」

「よくないっすよ。あんたらの頭の中ハンバーグでも詰まってるんすか？」

レイブンの辛辣なツッコミが放たれる。

そんな中、再びスノウに持ち上げられていたリフィーは、セレスタインが懐中時計で時間を確認していることに気付いた。

「なんで時間気にしてるの？」

「日付が変わる前に山頂に着かなければ意味がないのじゃ」

「ふーん……」

この後、魔物が襲いかかって来ることはなく、一行はついに山頂に辿り着いたのだった。


「分かってはいたけど、全然達成感がないわね」

コーネリアの呟きに、マリアライト以外の全員が頷いた。

頂上から見渡す美しい景色。それが登山の醍醐味の一つなのだが、セイレス山頂の周囲は闇一色だった。帝都の夜景も離れたところにあるので、「向こうに何か光ってるのがあるな」くらいの感想しか浮かばない。

得られるものがあまりにも少なすぎた。

「皆さん、お腹も空いたでしょうし夜食にしましょう」

マリアライトはこの湿っぽい空気を物ともせず、地面にレジャーシートを広げている。

「まあ待て、聖女。そろそろいいものが見られるぞ」

「何かあるのですか？」

「うむ。もうすぐで日付が変わる……」

セレスタインの懐中時計の長針と短針が重なり合う。

その直後、周囲が明るくなった。シリウスの光球なしでも近くのものが見えるようになっている。

空を見上げると、黒からうっすらとした青色に変化していた。

「これは……」

「どのような原理なのかは未だに不明じゃが、セイレス山の頂上では月に一度、日付が変わってから二時間ほど青空を見ることが出来るのじゃ」

驚きながらも光球を消すシリウスに説明したのはセレスタインだった。一方、彼の助手は素早い動きで辺りをちょこまかと走り出した。過酷な山登りで泣き言を吐いていたとは思えない俊敏さである。

「花～！　人生を成功に導く花～！」

「うんにゃ？」

「スノウちゃん！　このくらいの大きさをした虹色の花を探して！　山頂のどこかにあるはずなの！」

「にゃ！」

しかも神獣を手伝わせている。

「人生を成功に導く花か。そんなものが実在していれば、皆もっと楽に生きられるだろうな……

「マリアライト様？」

先程まで夜食ピクニックの準備をしていたマリアライトは、一点をじっと見詰めていた。

山と山の狭間から目映い光が僅かに姿を見せる。朝焼けの空の下、マリアライトはくるりとシリウスへと振り返ると、無邪気に微笑んだ。

「見てください、シリウス様。こんなに美しい朝日なんて、初めて見ました！」

「はい、そうですね……」

太陽の温かな光を指差して、幼子のようにはしゃぐ聖女を目の当たりにし、シリウスは自らの左胸を押さえた。

神聖。尊い。それらの単語が彼の脳裏を駆け巡る。

やがて彼の瞳からは涙が流れ始めていた。

その横ではコーネリアとレイブンが真顔で引いている。

「やっぱりこの殿下おかしいわよ……」

「大丈夫っす。マリアライトさんが絡んだ時にこうなっちゃうだけなんで……」

「あら……？　皆様、山の様子がおかしいです」

最初に異変に気付いたのはマリアライトだった。

草一本すら生えない、滅びの山がみるみるうちに緑に染まっていく。枯れ木は青々とした葉と鮮やかな花に覆われ、地面を草が覆い尽くす。

「そうそう、言い忘れておった。セイレス山の植物は、この二時間だけこんなに風に育つらしいのじゃ」

「ある！　絶対に花があるよ！」

リフィーが俄然やる気を出している。もう彼女を止める者は誰もいないと思われたが……。

「ぎゃー！」

突然悲鳴を上げ、物凄い速度でセレスタインの背後へ避難した。

「何じゃ、芋虫でもおったか？」

「違うよ！　あそこにあいつらがいるの！」

リフィーの視線の先――巨木の陰から例の魔物たちがこちらの様子を窺っている。

だが、先程とは見た目が異なっている。蔦で出来た緑のドレスで細い胴体を隠しており、頭頂部には赤、黄、橙、青、紫、白など様々な花を咲かせていた。

不気味さは軽減され、むしろお洒落だ。

「ほお、あやつらも花を咲かせるのか。興味深いのぅ」

「でも、なんで私たちを付け回してるんだろ……襲って来ないから何か理由でもあるのかな？」

リフィーが首を傾げていると、魔物たちが木の陰から出て来た。一瞬身構えるシリウスとコーネリアだったが、あることに気付いてすぐに戦闘態勢を解く。

一体だけ頭から花を咲かせておらず、悲しそうに顔を歪めているのだ。そして仲間たちはマリアライトに何かを求めるように視線を送っている。

「あの子の花をマリアライトさんに咲かせて欲しいって言ってるんじゃないっすか？」

「……私にですか？」

レイブンにそう言われて、マリアライトは暫し思案した。

そして、笑顔で魔物たちへと近付いて行った。シリウスとコーネリアが怖い顔をして、その後をついていく。

「コーネリア。あいつらがマリアライト様に何かしようとしたら、この山を破壊するぞ」

「疲れたしお腹も空いて苛々してるの。ストレス発散代わりに手伝ってあげるわ」

ぶつぶつと物騒な会話をしている二人からは、どす黒いオーラが漂っていた。その禍々しさに、魔物たちがびくっと体を震わせる。

「……この子、病気になっているみたいです」

花を咲かせていない魔物を間近で見たマリアライトはそう言った。

「病気ですか？」

「はい。聖女の力に目覚めてから、植物の元気がなかったり病気になっているのが見ただけで分かるようになりました」

「ふぅん……それって治すこと出来るの？」

「勿論です。ちょっと待っていてください」

マリアライトは魔物の頭に手を翳し、聖女の力を発動させた。掌からの白い光が魔物の体を包み込む。

すると、頭頂部からにょきっと大きな蕾が現れた。リフィーが「あっ！」と声を出すのと同時に、蕾が綻んでピンク色の花が咲く。

「………‼」

自分の頭に触れて確かめている魔物に、仲間たちが笑みを浮かべる。マリアライトも「よかったですねぇ」と聖母の如き微笑みを見せており、シリウスの涙を再び誘った。

「へぇ～……魔物って凶暴ってイメージだったんすけど、仲間想いなところがあるんすねぇ」

「あやつらが凶暴になるのも、れっきとした理由があるからのぅ。縄張りを守るため、食糧を狩るため……悪意というものを持たぬ分、魔族や人間よりもずっと綺麗な存在かもしれんわ」

そう言いながらセレスタインは、ポケットから取り出した飴を舐めていた。

たまにはまともなことを言う。そんな顔でセレスタインの話を聞いていたリフィーだが、突然「あっ！」と叫んだ。

「今度は何じゃ」

「今、マリアライト様が魔物たちからお花受け取ったんだけど……」

魔物たちが去り際、マリアライトに一輪の花を渡したのだ。きっとお礼のつもりだろう。人間と魔物との間で結ばれた友情に心を温かくしている場合ではなかった。

虹色の花。リフィーが血眼で捜し求めていた成功に導く花である。

「ほ、本当にあった～～～～っ‼」

リフィーの絶叫はやまびことなり、「あった～……あった～……」と聞こえ続けた。

◆　◆　◆

「……まあ、元気を出すのじゃリフィー」

「リフィー様、人生はまだまだこれからです」

「でも、気持ちは分かるっすよ……」

セレスタインの言う通り、二時間経つと山は再び闇に包まれ、植物も瞬く間に枯れた。

その前にピクニック気分を満喫しようと、一行はマリアライトが作ったサンドイッチと美味しいお茶で至福の時を過ごした。スノウも神獣用の果実をたっぷり挟んだフルーツサンドを美味しく平らげ、幸せな気分で下山を始めた。

リフィーの悲劇はその直後、つまり山に夜が戻った時に起こった。

マリアライトから譲ってもらい、大事に持っていた虹色の花が萎びて茶色になったかと思うと、最後にはボロボロに崩れたのだ。

セイレス山で自生する植物の寿命の短さ。それを実感したリフィーは抜け殻のようになってしまい、結局帰り道もスノウに運ばれていた。

「魔力……身体能力……モテモテ……億万長者……」

「たかが花を煎じて飲んだだけで、それらが全て手に入るわけがないじゃろ。馬鹿じゃな」

「でも、もし手に入ったら最高じゃん！　マリアライト様だってそう思いますよね⁉」

「そうですねぇ……」

話を振られてマリアライトはシリウスたちを見回してから答えた。

「大切な人たちとこうして楽しい時間を過ごすことが、私にとっての幸せなのです」

聖女の言葉は約一名の胸に深く刺さったらしい。ふんふんと楽しそうに鼻歌を歌うマリアライトの背後では、号泣するシリウスの姿があった。

その後、何度も泣いたシリウスは脱水症状を起こした。

本書に対するご意見、ご感想をお寄せください。

あて先

〒162-8540 東京都新宿区東五軒町3-28
双葉社　Mノベルスｆ編集部
「硝子町玻璃先生」係／「縹ヨツバ先生」係
もしくは monster@futabasha.co.jp まで

Mノベルス
関係改善をあきらめて 距離をおいたら、
塩対応だった婚約者が
絡んでくるようになりました
雨野六月
illust.雲屋ゆきお
「ビアトリスは実家の力で強引に俺の婚約者におさまったんだ。俺は最初から不本意だった」婚約者であるアーネスト王子がそう言っているのを知ってしまった、公爵令嬢ビアトリス。彼女は王子との関係改善をあきらめて、距離を置くことを決意する。「そういえば私は今までアーネスト様にかまけてばかりで、他の方々とあまり交流してこなかったわね。もったいないことをしたものだわ」気持ちを切り替え、美貌の辺境伯令息や気のいい友人たちと学院生活を楽しむ彼女に、今まで塩対応だったアーネストが、なぜか積極的に絡んでくるようになり——!?
発行・株式会社　双葉社

行《い》き遅《おく》れ聖女《せいじょ》の幸《しあわ》せ～婚約破棄《こんやくはき》されたと思《おも》ったら魔族《まぞく》の皇子様《おうじさま》に溺愛《できあい》されてます！～

2021年7月18日　第1刷発行

著　者　硝子町玻璃《がらすまちはり》

発行者　島野浩二

発行所　株式会社双葉社
〒162-8540　東京都新宿区東五軒町3番28号
［電話］03-5261-4818（営業）　03-5261-4851（編集）
http://www.futabasha.co.jp/（双葉社の書籍・コミック・ムックが買えます）

印刷・製本所　三晃印刷株式会社

［電話］03-5261-4822（製作部）
ISBN 978-4-575-24422-9 C0093　